Hofmannsthals ›Der Schwierige‹ gilt allgemein als klassisches Werk, ja als bedeutendstes deutschsprachiges Lustspiel des 20. Jahrhunderts. Es folgt formal der europäischen Komödientradition seit Shakespeare, Lope de Vega, Molière und Goldoni, thematisiert aber die Problematik der Ich-Krise und des Sprachzweifels, die ganz der Moderne angehört. An keinem seiner anderen vollendeten Dramen außer dem vermächtnishaften Trauerspiel ›Der Turm‹ hat der Autor länger und intensiver gearbeitet, immer auch mit dem Blick auf seine theatralische Darstellbarkeit und Bühnenwirkung. Aber es gab gewichtige Vorbehalte gegen jede Aufführung, weil nur eine sehr aufmerksame Lektüre der Sprachkunst und dem gedanklichen Reichtum dieses Textes überhaupt gerecht werden könne. Wie dem auch sei: ›Der Schwierige‹ vermag seit langem immer wieder sowohl als Theaterstück ein interessiertes Publikum zu begeistern wie auch als Lesetext kritische Aufmerksamkeit auf sich zu ziehen. Seit das Werk im November 1921 zum erstenmal auf die Bühne gelangte, ist es – mit einer erzwungenen Pause von 1933 bis 1945 durch immer wieder neue Inszenierungen, Verfilmungen und TV-Übertragungen neben ›Jedermann‹ und ›Der Rosenkavalier‹ zum meistaufgeführten Stück des österreichischen Dichters geworden.
»Als Hofmannsthal den ›Schwierigen‹ ... schrieb, hat er nicht seine Lebensatmosphäre oder gar in der Hauptfigur etwa – wie gesagt worden ist – sich selbst gesetzt oder bespiegelt. Nein, in diesem Buch wollte er einer sozialen Schicht, dem imperialen spanisch-deutschen Hochadel Österreichs, ein Denkmal im Augenblick seines Aufhörens und Versinkens setzen. Im ›Schwierigen‹ hat er eine von der Bühne abtretende Gesellschaft noch einmal geschildert ...« (Carl J. Burckhardt in seinen ›Erinnerungen an Hofmannsthal‹).

Hugo von Hofmannsthal wurde am 1. 2. 1874 in Wien geboren. Nach dem Besuch des Gymnasiums – während dieser Zeit schrieb er seine ersten Gedichte unter dem Pseudonym ›Loris‹ – studierte er Jura und Romanistik. Zahlreiche Reisen in die Mittelmeerländer wirkten auf sein Werk; eine dauernde Schaffensgemeinschaft verband Hofmannsthal mit Richard Strauss. Am 15. 7. 1929 starb er in Rodaun. Seine wichtigsten Werke: ›Der Tor und der Tod‹, Drama 1893; ›Das Märchen der 672. Nacht‹, 1895; ›Der Rosenkavalier‹, Komödie für Musik 1910; ›Jedermann‹, 1911; ›Das Salzburger Große Welttheater‹, 1922; ›Der Turm‹, Drama 1924/26; ›Andreas‹, Romanfragment 1907–1927. Dazu zahlreiche Essays und Gedichte.

Unsere Adresse im Internet: www.fischerverlage.de

Hugo von Hofmannsthal

Der Schwierige

Lustspiel in drei Akten

Auf Grund der Kritischen Ausgabe der
Sämtlichen Werke Hugo von Hofmannsthals
revidiert und neu herausgegeben von
Martin Stern

Fischer
Taschenbuch
Verlag

Textgrundlage dieses Bandes
sind die Seiten 5–144 des Bandes
Hugo von Hofmannsthal ›Der Schwierige‹:
Sämtliche Werke, Kritische Ausgabe, Band XII;
herausgegeben von Martin Stern
in Zusammenarbeit mit Ingeborg Haase und Roland Haltmeier,
Frankfurt am Main: S. Fischer Verlag 1993.

37. Auflage: September 2006

Veröffentlicht im Fischer Taschenbuch Verlag,
einem Unternehmen der S. Fischer Verlag GmbH,
Frankfurt am Main, Oktober 1958
Revidierte Neuausgabe: November 1994

Lizenzausgabe mit Genehmigung der
S. Fischer Verlag GmbH, Frankfurt am Main
© S. Fischer Verlag GmbH, Frankfurt am Main 1993
Für das Vorwort und die Nachbemerkung:
© Fischer Taschenbuch Verlag GmbH, Frankfurt am Main 1994
Satz: Bibliomania GmbH, Frankfurt am Main
Druck und Bindung: Clausen & Bosse, Leck
Printed in Germany
ISBN-13: 978-3-596-27111-5
ISBN-10: 3-596-27111-8

Inhalt

Zwischen der ersten erhaltenen Notiz zum ›Schwierigen‹ vom
6. Dezember 1909 und dem Abschluß des dritten Aktes am
2. August 1920 lagen mehr als zehn für Österreich schicksalsschwere
Jahre. Als der Dichter diese erfolgreichste seiner Prosakomödien
konzipierte, bestand die k. u. k. Monarchie noch glanzvoll und unan-
gefochten, war Wien noch geistiges und gesellschaftliches Zentrum,
gab es den Hochadel und seinen Jargon noch, das sogenannte Herrenhaus – entsprechend dem englischen Oberhaus – und auch die
Salons und Soiréen als Treffpunkte der Hoch- und Geldaristokratie
der Kaiserstadt existierten noch. Als Hofmannsthal kurz nach den
Wiener Revolutionswirren auf einem Gut in Bayern die letzten Korrekturen an seinem Stück vornahm, war dieses Österreich unterge-
gangen und viel zerschlagener in seiner Grundsubstanz als das
Deutsche Reich; es war kein Vielvölkerstaat mehr und keine Donau-
monarchie, nur noch ein desorientierter Rumpfstaat, auf sein
deutschsprachiges Gebiet reduziert. Die Aufgabe, den als Lustspiel
mit glücklichem Ausgang entworfenen ›Schwierigen‹, dessen Hauptfigur durch in der Gegenwart sich ereignende, wienerische, realisti-
sche Vorfälle geheilt werden sollte, unter diesen Umständen
überhaupt zu Ende zu bringen, war für Hofmannsthal schwer lös-
bar. Er hatte sich in der zweiten der drei wichtigsten Arbeitsphasen,
im Sommer 1917, offenbar entschlossen, den inzwischen seiner Entscheidung zustrebenden Weltkrieg als bereits beendet anzunehmen,
aber auf den Kriegsverlauf und die Kriegsfolgen, die in der Tat noch
nicht vorauszusehen waren, in seiner Komödie keine Rücksicht zu
nehmen. Ein ziemlich unerhörtes Unterfangen: Hofmannsthal
schrieb eine Art Heimkehrer-Lustspiel, ein Gegenstück zu Bertolt
Brechts ›Trommeln in der Nacht‹, schon mitten im Krieg. Er priva-
tisierte und funktionalisierte diesen Krieg aber als Moment der
Wende oder »Cur« seiner Hauptfigur. Eine Verschüttung im Schüt-
zengraben sollte zum Anlaß einer inneren Erfahrung des für den

»Helden« Notwendigen werden, welches wahrzunehmen ihm im Vorkriegsalltag Konvention und Zerstreuung verunmöglicht hatten.

Ein Prüfstein dramatischen Könnens war es nun allerdings, die im Gegensatz gegen alle Ismen der Moderne bewußt an die europäische Tradition sich anschließende Komödie nach den alten Regeln der Gattung auf einen einzigen Moment zu konzentrieren; und potenziert wurde diese Schwierigkeit noch durch den Entschluß, nicht durch Handlung in einem äußerlichen Sinn, sondern durch Konversation vor, während und nach einer sogenannten Soirée das Vorspiel erzählen und das Hauptspiel sich entwickeln zu lassen.

Erstaunlich der Reichtum an Charakteren und Situationen, die sich trotz so einengender Bedingungen ergaben und das ungemein lebendige Porträt einer halb imaginären, halb realen Zeit und Gesellschaft vermitteln können. Noch erstaunlicher vielleicht, daß darüber Hofmannsthals ureigenste Themen nicht zu kurz kamen, sondern ganz im Zentrum blieben: daß der Mensch einmal subjektiv klar Erkanntes in intersubjektiver Sprache wiedergeben und überhaupt vom Erkennen zum Tun schreiten könne, wie das Mystische einer höchst individuellen Erfahrung dem sozialen, geselligen Verhalten nicht abträglich ist, sondern geradezu erst dazu tauglich macht. Aber das Kunststück gelang. Und so dokumentiert dieses Lustspiel zusammen mit dem berühmten fingierten ›Brief‹ des Lord Chandos an Francis Bacon vielleicht am eindrücklichsten Hofmannsthals Position innerhalb der um 1900 so akut werdenden Sprachkritik und Sprachbezweiflung. Die Lösung bestand in der Erfindung des Gegenspiels: Während dem »Helden« die ganze Bürde der Skepsis und Ichproblematik zugewiesen wird, bleibt die »Heldin« davon unangekränkelt und handelt für beide – eine im Licht der beginnenden Frauenemanzipation interessante Konzeption, allerdings vorgebildet in Lessings ›Minna von Barnhelm‹.

Um sein Stück zu Ende zu bringen, benötigte der Dichter Anregungen vielfältiger Art, äußeren Druck, aber auch freundschaftliche Hilfen, die ihn an den Sinn dieser Arbeit und ihre mögliche Breiten- oder doch Zukunftswirkung glauben ließen. Zu den wichtigsten Anregern in der ersten und zweiten Entstehungsphase um 1909 und um 1917 gehörten Sören Kierkegaard sowie das Komödienschaffen

Molières und Lessings. Kierkegaards rücksichtslose Selbstanalyse und der Radikalismus seiner Forderung nach Willensentscheidungen wurden zur philosophischen Matrix für die Hauptfigur, d. h. für das innere Thema des Stücks; Molières Kunst der indirekten Festlegung von Personen und Konstellationen durch Dialoge Dritter wurde zum Vorbild für den Aufbau der Handlung, für die dramatische Form.

Bis allerdings das Werk tatsächlich abgeschlossen werden konnte, brauchte es einigen Zwang, wobei der selbstauferlegte der wirkungsvollste gewesen sein dürfte. Hofmannsthal gab die bereits fertiggestellten Akte I und II im April 1920 an die Wiener *Neue Freie Presse* zum Vorabdruck und setzte sich damit unter Druck. Am Tag nach der Publikation der letzten Szene von Akt II, die am 1. August erfolgte, entschloß er sich, das Manuskript auch von Akt III aus der Hand zu geben. Zwischen dieser Erstveröffentlichung und der Buchausgabe, die im April 1921 ausgeliefert wurde, erfolgten allerdings nochmals ein paar Korrekturen, vor allem Kürzungen. Doch dann gelangte die Textentwicklung zur Ruhe und wandte sich der Dichter anderen Stoffen zu. Jetzt war es an den Bühnen und an der Öffentlichkeit, das Lustspiel zu dramatischem Leben zu erwecken und über Gelingen oder Mißlingen ein Urteil zu sprechen. Mit dem Wiener Burgtheater stand der Wiener Autor Hofmannsthal seit Beginn seiner Theaterarbeit in keinerlei produktivem Einvernehmen. Man zog ihm hier den Schlesier Gerhart Hauptmann vor, während er selbst an den jungen Berliner Bühnen Otto Brahms und Max Reinhardts Aufnahme suchte und fand. Das Mißverhältnis war allerdings gegenseitig: Die Uraufführung des ›Schwierigen‹ hätte sich der Dichter zwar in seiner Heimatstadt gewünscht, aber er wollte sie zuletzt nicht mehr Kräften des Burgtheaters, sondern dem Ensemble Reinhardts anvertrauen, dessen Gastspieltätigkeit in Wien jedoch erst 1924 zustande kam. So erfolgten denn die ersten Inszenierungen fast gleichzeitig in München und Berlin am 8. und 30. November 1921, die erste mit großem und bis Herbst 1932 dauerndem Erfolg, die zweite – trotz der Kunst der Reinhardtschen Schauspieler – mit wenig Erfolg und ungünstigen bis böswilligen Kritiken, die Hofmannsthal schwer bekümmerten und wohl auch in seinem weiteren Komödienschaffen hemmten.

Der Berliner Mißerfolg hatte seine erklärbaren Gründe: Die von Krieg, Zusammenbruch und Revolution aufgewühlte Hauptstadt Preußens schätzte die trotz aller Selbstironie deutliche Bevorzugung österreichischen Wesens und aristokratischer Tradition in Hofmannsthals Lustspiel nicht. Vergröberungen durch chargierende Darsteller und durch Striche verhinderten offenbar, daß in Berlin die ja so moderne Selbstbezweiflung und Sprachnot des »Helden«, seine tapfer verborgene Lebenskrise, überhaupt wahrgenommen wurden. Der dramatische Expressionismus mit seinen plakativen Aussagen und schrillen Tönen beherrschte das Feld. Der Dialog des Hofmannsthalschen Stückes war da viel zu leise, zu verhalten; er kam gegen das Pathos und die Lautstärke der angeblich zeitgemäßeren expressionistischen Dramatik nicht an. Und für die Nöte des Individuums in der beginnenden Massen-Epoche, wie sie auch Rilkes Malte, Thomas Manns Hans Castorp, Musils Ulrich und viele andere symptomatische Figuren epochaler literarischer Werke jener Zeit erlebten – was sie mit Hofmannsthals Hans Karl Bühl verbindet –, hatte man in Berlin und weitgehend auch im neuen Österreich damals kaum ein Gehör.

Trotzdem machte das Stück seinen Weg. Nach dem Zusammenbruch des Großdeutschen Reiches, das wegen Hofmannsthals jüdischem Elternteil alle Aufführungen unterdrückt hatte, begann sein eigentlicher Siegeszug über die Bühnen Europas in Wien. Gleichzeitig stieg es auf in den Kanon der wenigen fast widerspruchslos als meisterhaft beurteilten deutschsprachigen Lustspiele. Dort hält es sich seit Jahrzehnten, und eine Änderung seiner Bewertung ist in naher Zukunft nicht wahrscheinlich. Denn immer wieder gelingt es engagierten Schauspielern, dem aspektreichen Text durch glaubwürdige Darstellung unerwartete, aber zum jeweiligen Publikum hindurchdringende Botschaften abzugewinnen. So entfaltet sich in der kommunikativen Interaktion zwischen Produktion und Rezeption sein Sinn und sein Reiz auch jedesmal wieder neu.

Eine Darstellung und Auswertung der zahlreich erhalten gebliebenen Notizen, Entwürfe, Niederschriften und Reinschriften zum ›Schwierigen‹ sowie eine ausführliche Entstehungsgeschichte und einen Quellenbericht samt Glossar, Sacherläuterungen und den ermittelten brieflichen und biographischen Zeugnissen bietet Band XII, Dramen 10 der ›Sämtlichen Werke‹, Kritische Ausgabe, veranstaltet vom Freien Deutschen Hochstift, hrsg. von Rudolf Hirsch, Christoph Perels, Edward Reichel und Heinz Rölleke, Frankfurt am Main, S. Fischer Verlag 1993.

Martin Stern

DER SCHWIERIGE

LUSTSPIEL IN DREI AKTEN

PERSONEN

HANS KARL BÜHL
CRESCENCE, seine Schwester
STANI, ihr Sohn
HELENE ALTENWYL
ALTENWYL
ANTOINETTE HECHINGEN
HECHINGEN
NEUHOFF
EDINE ⎫
NANNI ⎬ Antoinettes Freundinnen
HUBERTA ⎭
AGATHE, Kammerjungfer
NEUGEBAUER, Sekretär
LUKAS, erster Diener bei Hans Karl
VINZENZ, ein neuer Diener
EIN BERÜHMTER MANN
Bühlsche und Altenwylsche Diener

ERSTER AKT

Mittelgroßer Raum eines Wiener älteren Stadtpalais, als Arbeitszimmer des Hausherrn eingerichtet.

ERSTE SZENE

Lukas herein mit Vinzenz.

LUKAS Hier ist das sogenannte Arbeitszimmer. Verwandtschaft und sehr gute Freunde werden hier hereingeführt oder, nur wenn speziell gesagt wird, in den grünen Salon.

VINZENZ *tritt hin* Was arbeitet er? Majoratsverwaltung? Oder was? Politische Sachen?

LUKAS Durch diese Spalettür kommt der Sekretär herein.

VINZENZ Privatsekretär hat er auch? Das sind doch Hungerleider! Verfehlte Existenzen! Hat der bei ihm was zu sagen?

LUKAS Hier geht's durch ins Toilettezimmer. Dort werden wir jetzt hineingehen und Smoking und Frack herrichten zur Auswahl je nachdem, weil nichts Spezielles angeordnet ist.

VINZENZ *schnüffelt an allen Möbeln herum* Also was? Sie wollen mir jetzt den Dienst zeigen? Es hätte Zeit gehabt bis morgen früh, und wir hätten uns jetzt kollegial unterhalten können. Was eine Herrenbedienung ist, das ist mir seit vielen Jahren zum Bewußtsein gekommen, also beschränken Sie sich auf das Nötige; damit meine ich die Besonderheiten. Also was? Fangen Sie schon an!

LUKAS *richtet ein Bild, das nicht ganz gerade hängt* Er kann kein Bild und keinen Spiegel schief hängen sehen. Wenn er anfängt, alle Laden aufzusperren oder einen verlegten Schlüssel zu suchen, dann ist er sehr schlechter Laune.

VINZENZ Lassen Sie jetzt solche Lappalien. Sie haben mir doch gesagt, daß die Schwester und der Neffe, die hier im Hause wohnen, auch jedesmal angemeldet werden müssen.

LUKAS *putzt mit dem Taschentuch an einem Spiegel* Genau wie jeder Besuch. Darauf hält er sehr streng.

VINZENZ Was steckt da dahinter? Da will er sie sich vom Leibe halten. Warum läßt er sie dann hier wohnen? Er wird doch mehrere Häuser haben? Das sind doch seine Erben. Die wünschen doch seinen Tod.

LUKAS Die Frau Gräfin Crescence und der Graf Stani? Ja, da sei Gott vor! Ich weiß nicht, wie Sie mir vorkommen!

VINZENZ Lassen Sie Ihre Ansichten. Was bezweckt er also, wenn er die im Haus hat? Das interessiert mich. Nämlich: es wirft ein Licht auf gewisse Absichten. Die muß ich kennen, bevor ich mich mit ihm einlasse.

LUKAS Auf was für gewisse Absichten?

VINZENZ Wiederholen Sie nicht meine Worte! Für mich ist das eine ernste Sache. Konvenierendenfalls ist das hier eine Unterbringung für mein Leben. Wenn Sie sich zurückgezogen haben als Verwalter, werde ich hier alles in die Hand nehmen. Das Haus paßt mir eventuell soweit nach allem, was ich höre. Aber ich will wissen, woran ich bin. Wenn er sich die Verwandten da ins Haus setzt, heißt das soviel als: er will ein neues Leben anfangen. Bei seinem Alter und nach der Kriegszeit ist das ganz erklärlich. Wenn man einmal die geschlagene Vierzig auf dem Rücken hat. –

LUKAS Der Erlaucht vierzigste Geburtstag ist kommendes Jahr.

VINZENZ Kurz und gut, er will ein Ende machen mit den Weibergeschichten. Er hat genug von den Spanponaden.

LUKAS Ich verstehe Ihr Gewäsch nicht.

VINZENZ Aber natürlich verstehen Sie mich ganz gut, Sie Herr Schätz. – Es stimmt das insofern mit dem überein, was mir die Portierin erzählt hat. Jetzt kommt alles darauf an: geht er mit der Absicht um, zu heiraten? In diesem Fall kommt eine legitime Weiberwirtschaft ins Haus, was hab' ich da zu suchen? – Oder er will sein Leben als Junggeselle mit mir beschließen! Äußern Sie mir also darüber Ihre Vermutungen. Das ist der Punkt, der für mich der Hauptpunkt ist, nämlich.

Lukas räuspert sich.

VINZENZ Was erschrecken Sie mich.

LUKAS Er steht manchmal im Zimmer, ohne daß man ihn gehen hört.

VINZENZ Was bezweckt er damit? Will er einen hineinlegen? Ist er überhaupt so heimtückisch?

LUKAS In diesem Fall haben Sie lautlos zu verschwinden.

VINZENZ Das sind mir ekelhafte Gewohnheiten. Die werde ich ihm zeitig abgewöhnen.

ZWEITE SZENE

HANS KARL *ist leise eingetreten* Bleiben Sie nur, Lukas. Sind Sie's, Neugebauer?

Vinzenz steht seitwärts im Dunkeln.

LUKAS Erlaucht melde untertänigst, das ist der neue Diener, der vier Jahre beim Durchlaucht Fürst Palm war.

HANS KARL Machen Sie nur weiter mit ihm. Der Herr Neugebauer soll herüberkommen mit den Akten, betreffend Hohenbühl. Im übrigen bin ich für niemand zu Hause. *Man hört eine Glocke.*

LUKAS Das ist die Glocke vom kleinen Vorzimmer. *Geht.*

Vinzenz bleibt.

Hans Karl ist an den Schreibtisch getreten.

DRITTE SZENE

LUKAS *tritt ein und meldet* Frau Gräfin Freudenberg.

Crescence ist gleich nach ihm eingetreten.

Lukas tritt ab, Vinzenz ebenfalls.

CRESCENCE Stört man dich, Kari? Pardon –

HANS KARL Aber meine gute Crescence.

CRESCENCE Ich geh' hinauf, mich anziehen – für die Soiree.

HANS KARL Bei Altenwyls?

CRESCENCE Du erscheinst doch auch? Oder nicht? Ich möchte nur wissen, mein Lieber.

HANS KARL Wenn's dir ganz gleich gewesen wäre, hätte ich mich eventuell später entschlossen und vom Kasino aus eventuell abtelephoniert. Du weißt, ich binde mich so ungern.

CRESCENCE Ah ja.

HANS KARL Aber wenn du auf mich gezählt hättest –

CRESCENCE Mein lieber Kari, ich bin alt genug, um allein nach Hause zu fahren – überdies kommt der Stani hin und holt mich ab. Also du kommst nicht?

HANS KARL Ich hätt' mir's gern noch überlegt.

CRESCENCE Eine Soiree wird nicht attraktiver, wenn man über sie nachdenkt, mein Lieber. Und dann hab' ich geglaubt, du hast dir draußen das viele Nachdenken ein bißl abgewöhnt. *Setzt sich zu ihm, der beim Schreibtisch steht.* Sei Er gut, Kari, hab' Er das nicht mehr, dieses Unleidliche, Sprunghafte, Entschlußlose, daß man sich hat aufs Messer streiten müssen mit Seinen Freunden, weil der eine Ihn einen Hypochonder nennt, der andere einen Spielverderber, der dritte einen Menschen, auf den man sich nicht verlassen kann. – Du bist in einer so ausgezeichneten Verfassung zurückgekommen, jetzt bist du wieder so, wie du mit zweiundzwanzig Jahren warst, wo ich beinah' verliebt war in meinen Bruder.

HANS KARL Meine gute Crescence, machst du mir Komplimente?

CRESCENCE Aber nein, ich sag's, wie's ist: da ist der Stani ein unbestechlicher Richter; er findet dich einfach den ersten Herrn in der großen Welt, bei ihm heißt's jetzt, Onkel Kari hin, Onkel Kari her, man kann ihm kein größeres Kompliment machen, als daß er dir ähnlich sieht, und das tut er ja auch – in den Bewegungen ist er ja dein zweites Selbst – er kennt nichts Eleganteres als die Art, wie du die Menschen behandelst, das große air, die distance, die du allen Leuten gibst – dabei die komplette Gleichmäßigkeit und Bonhomie auch gegen den Niedrigsten – aber er hat natürlich, wie ich auch, deine Schwächen heraus; er adoriert den Entschluß, die Kraft, das Definitive, er haßt den Wiegel-Wagel, darin ist er wie ich!

HANS KARL Ich gratulier dir zu deinem Sohn, Crescence. Ich bin sicher, daß du immer viel Freud' an ihm erleben wirst.

CRESCENCE Aber – pour revenir à nos moutons, Herr Gott, wenn man durchgemacht hat, was du durchgemacht hast, und sich dabei benommen hat, als wenn es nichts wäre …

HANS KARL *geniert* Das hat doch jeder getan!

CRESCENCE Ah, pardon, jeder nicht. Aber da hätte ich doch geglaubt, daß man seine Hypochondrien überwunden haben könnte!

HANS KARL Die vor den Leuten in einem Salon hab ich halt noch immer. Eine Soiree ist mir ein Graus, ich kann mir halt nicht helfen. Ich begreife noch allenfalls, daß sich Leute finden, die ein Haus machen, aber nicht, daß es welche gibt, die hingehen.

CRESCENCE Also wovor fürchtest du dich? Das muß sich doch diskutieren lassen. Langweilen dich die alten Leut'?

HANS KARL Ah, die sind ja scharmant, die sind so artig.

CRESCENCE Oder gehen dir die Jungen auf die Nerven?

HANS KARL Gegen die hab' ich gar nichts. Aber die Sache selber ist mir halt so eine Horreur, weißt du, das Ganze – das Ganze ist so ein unentwirrbarer Knäuel von Mißverständnissen. Ah, diese chronischen Mißverständnisse!

CRESCENCE Nach allem, was du draußen durchgemacht hast, ist mir das eben unbegreiflich, daß man da nicht abgehärtet ist.

HANS KARL Crescence, das macht einen ja nicht weniger empfindlich, sondern mehr. Wieso verstehst du das nicht? Mir können über eine Dummheit die Tränen in die Augen kommen – oder es wird mir heiß vor Gêne über eine ganze Kleinigkeit, über eine Nuance, die kein Mensch merkt, oder es passiert mir, daß ich ganz laut sag', was ich mir denk' – das sind doch unmögliche Zuständ', um unter Leut' zu gehen. Ich kann es dir gar nicht definieren, aber es ist stärker als ich. Aufrichtig gestanden: ich habe vor zwei Stunden Auftrag gegeben, bei Altenwyls abzusagen. Vielleicht eine andere Soiree, nächstens, aber die nicht.

CRESCENCE Die nicht. Also warum grad die nicht?

HANS KARL Es ist stärker als ich, so ganz im allgemeinen.

CRESCENCE Wenn du sagst, im allgemeinen, so meinst du was Spezielles.

HANS KARL Nicht die Spur, Crescence.

CRESCENCE Natürlich. Aha. Also, in diesem Punkt kann ich dich beruhigen.

HANS KARL   In welchem Punkt?

CRESCENCE   Was die Helen betrifft.

HANS KARL   Wie kommst du auf die Helen?

CRESCENCE   Mein Lieber, ich bin weder taub, noch blind, und daß die Helen von ihrem fünfzehnten Lebensjahr an, bis vor kurzem, na, sagen wir, bis ins zweite Kriegsjahr, in dich verliebt war bis über die Ohren, dafür hab' ich meine Indizien, erstens, zweitens und drittens.

HANS KARL   Aber Crescence, da redest du dir etwas ein …

CRESCENCE   Weißt du, daß ich mir früher, so vor drei, vier Jahren, wie sie eine ganz junge Debütantin war, eingebildet hab', das wär' die eine Person auf der Welt, die dich fixieren könnt', die deine Frau werden könnt'. Aber ich bin zu Tod froh, daß es nicht so gekommen ist. Zwei so komplizierte Menschen, das tut kein gut.

HANS KARL   Du tust mir zuviel Ehre an. Ich bin der unkomplizierteste Mensch von der Welt. *Er hat eine Lade am Schreibtisch herausgezogen.* Aber ich weiß gar nicht, wie du auf die Idee – ich bin der Helen attachiert, sie ist doch eine Art von Cousine, ich hab' sie so klein gekannt – sie könnte meine Tochter sein. *Sucht in der Lade nach etwas.*

CRESCENCE   Meine schon eher. Aber ich möcht sie nicht als Tochter. Und ich möcht erst recht nicht diesen Baron Neuhoff als Schwiegersohn.

HANS KARL   Den Neuhoff? Ist das eine so ernste Geschichte?

CRESCENCE   Sie wird ihn heiraten.

Hans Karl stößt die Lade zu.

CRESCENCE   Ich betrachte es als vollzogene Tatsache, dem zu Trotz, daß er ein wildfremder Mensch ist, dahergeschneit aus irgendeiner Ostseeprovinz, wo sich die Wölf' gute Nacht sagen …

HANS KARL   Geographie war nie deine Stärke, Crescence, die Neuhoffs sind eine holsteinische Familie.

CRESCENCE   Aber das ist doch ganz gleich. Kurz, wildfremde Leut'.

HANS KARL   Übrigens eine ganz erste Familie. So gut alliiert, als man überhaupt sein kann.

CRESCENCE   Aber, ich bitt' dich, das steht im Gotha. Wer kann denn das von hier aus kontrollieren?

HANS KARL   Du bist aber sehr acharniert gegen den Menschen.

CRESCENCE   Es ist aber auch danach! Wenn eins der ersten Mädeln, wie die Helen, sich auf einen wildfremden Menschen entêtiert, dem zu Trotz, daß er hier in seinem Leben keine Position haben wird ...

HANS KARL   Glaubst du?

CRESCENCE   In seinem Leben! dem zu Trotz, daß sie sich aus seiner Suada nichts macht, kurz, sich und der Welt zu Trotz ...
Eine kleine Pause.
Hans Karl zieht mit einiger Heftigkeit eine andere Lade heraus.

CRESCENCE   Kann ich dir suchen helfen? Du enervierst dich.

HANS KARL   Ich dank' dir tausendmal, ich such' eigentlich gar nichts, ich hab' den falschen Schlüssel hineingesteckt.

SEKRETÄR *erscheint an der kleinen Tür*   Oh, ich bitte untertänigst um Verzeihung.

HANS KARL   Ein bissel später bin ich frei, lieber Neugebauer.
Sekretär zieht sich zurück.

CRESCENCE *tritt an den Tisch*   Kari, wenn dir nur ein ganz kleiner Gefallen damit geschieht, so hintertreib' ich diese Geschichte.

HANS KARL   Was für eine Geschichte?

CRESCENCE   Die, von der wir sprechen: Helen-Neuhoff. Ich hintertreib' sie von heut' auf morgen.

HANS KARL   Was?

CRESCENCE   Ich nehm' Gift darauf, daß sie heute noch genau so verliebt in dich ist wie vor sechs Jahren, und daß es nur ein Wort, nur den Schatten einer Andeutung braucht –

HANS KARL   Die ich dich doch um Gottes willen nicht zu machen bitte –

CRESCENCE   Ah so, bitte sehr. Auch gut.

HANS KARL   Meine Liebe, allen Respekt vor deiner energischen Art, aber so einfach sind doch gottlob die Menschen nicht.

CRESCENCE   Mein Lieber, die Menschen sind gottlob sehr einfach, wenn man sie einfach nimmt. Ich seh' also, daß diese Nachricht kein großer Schlag für dich ist. Um so besser – du hast dich von der Helen desinteressiert, ich nehm' das zur Kenntnis.

HANS KARL *aufstehend* Aber ich weiß nicht, wie du nur auf den Gedanken kommst, daß ich es nötig gehabt hätt', mich zu desinteressieren. Haben denn andere Personen auch diese bizarren Gedanken?

CRESCENCE Sehr wahrscheinlich.

HANS KARL Weißt du, daß mir das direkt Lust macht, hinzugehen?

CRESCENCE Und dem Theophil deinen Segen zu geben? Er wird entzückt sein. Er wird die größten Bassessen machen, um deine Intimität zu erwerben.

HANS KARL Findest du nicht, daß es sehr richtig gewesen wäre, wenn ich mich unter diesen Umständen schon längst bei Altenwyls gezeigt hätte? Es tut mir außerordentlich leid, daß ich abgesagt habe.

CRESCENCE Also laß wieder anrufen: es war ein Mißverständnis durch einen neuen Diener und du wirst kommen.

Lukas tritt ein.

HANS KARL *zu Crescence* Weißt du, ich möchte es doch noch überlegen.

LUKAS Ich hätte für später untertänigst jemanden anzumelden.

CRESCENCE *zu Lukas* Ich geh. Telephonieren Sie schnell zum Grafen Altenwyl, Seine Erlaucht würden heut' abend dort erscheinen. Es war ein Mißverständnis.

Lukas sieht Hans Karl an.

HANS KARL *ohne Lukas anzusehen* Da müßt er allerdings auch noch vorher ins Kasino telephonieren, ich laß den Grafen Hechingen bitten, zum Diner und auch nachher nicht auf mich zu warten.

CRESCENCE Natürlich, das macht er gleich. Aber zuerst zum Grafen Altenwyl, damit die Leut' wissen, woran sie sind.

Lukas ab.

CRESCENCE *steht auf* So, und jetzt laß ich dich deinen Geschäften. *Im Gehen* Mit welchem Hechingen warst du besprochen? Mit dem Nandi?

HANS KARL Nein, mit dem Adolf.

CRESCENCE *kommt zurück* Der Antoinette ihrem Mann? Ist er nicht ein kompletter Dummkopf?

HANS KARL Weißt du, Crescence, darüber hab' ich gar kein Urteil.

Mir kommt bei Konversationen auf die Länge alles sogenannte Gescheite dumm und noch eher das Dumme gescheit vor ...

CRESCENCE   Und ich bin von vornherein überzeugt, daß an ihm mehr ist als an ihr.

HANS KARL   Weißt du, ich hab' ihn ja früher gar nicht gekannt, oder *er hat sich gegen die Wand gewendet und richtet an einem Bild, das nicht gerade hängt* – nur als Mann seiner Frau – und dann draußen, da haben wir uns miteinander angefreundet. Weißt du, er ist ein so völlig anständiger Mensch. Wir waren miteinander, im Winter Fünfzehn, zwanzig Wochen in der Stellung in den Waldkarpathen, ich mit meinen Schützen und er mit seinen Pionieren, und wir haben das letzte Stückl Brot miteinander geteilt. Ich hab' sehr viel Respekt vor ihm bekommen. Brave Menschen hat's draußen viele gegeben, aber ich habe nie einen gesehen, der vis-à-vis dem Tod sich eine solche Ruhe bewahrt hätte, beinahe eine Art Behaglichkeit.

CRESCENCE   Wenn dich seine Verwandten reden hören könnten, die würden dich umarmen. So geh hin zu dieser Närrin und versöhn sie mit dem Menschen, du machst zwei Familien glücklich. Diese ewig in der Luft hängende Idee einer Scheidung oder Trennung, g'hupft wie g'sprungen, geht ja allen auf die Nerven. Und außerdem wär es für dich selbst gut, wenn die Geschichte in eine Form käme.

HANS KARL   Inwiefern das?

CRESCENCE   Also, damit ich dir's sage: es gibt Leut', die den ungereimten Gedanken aussprechen, wenn die Ehe annulliert werden könnt', du würdest sie heiraten.

Hans Karl schweigt.

CRESCENCE   Ich sag' ja nicht, daß es seriöse Leut' sind, die diesen bei den Haaren herbeigezogenen Unsinn zusammenreden.

Hans Karl schweigt.

CRESCENCE   Hast du sie schon besucht, seit du aus dem Feld zurück bist?

HANS KARL   Nein, ich sollte natürlich.

CRESCENCE *nach der Seite sehend*   So besuch' sie doch morgen und red' ihr ins Gewissen.

HANS KARL *bückt sich, wie um etwas aufzuheben* Ich weiß wirklich nicht, ob ich gerade der richtige Mensch dafür wäre.

CRESCENCE   Du tust sogar direkt ein gutes Werk. Dadurch gibst du ihr deutlich zu verstehen, daß sie auf dem Holzweg war, wie sie mit aller Gewalt sich hat vor zwei Jahren mit dir affichieren wollen.

HANS KARL *ohne sie anzusehen* Das ist eine Idee von dir.

CRESCENCE   Ganz genau so, wie sie es heut' auf den Stani abgesehen hat.

HANS KARL *erstaunt* Deinen Stani?

CRESCENCE   Seit dem Frühjahr. *Sie war bis zur Tür gegangen, kehrt wieder um, kommt bis zum Schreibtisch.* Er könnte mir da einen großen Gefallen tun, Kari ...

HANS KARL   Aber ich bitte doch um Gottes willen, so sag Sie doch! *Er bietet ihr Platz an, sie bleibt stehen.*

CRESCENCE   Ich schick' Ihm den Stani auf einen Moment herunter. Mach' Er ihm den Standpunkt klar. Sag' Er ihm, daß die Antoinette – eine Frau ist, die einen unnötig kompromittiert. Kurz und gut, verleid' Er sie ihm.

HANS KARL   Ja, wie stellst du dir denn das vor? Wenn er verliebt in sie ist?

CRESCENCE   Aber Männer sind doch nie so verliebt, und du bist doch das Orakel für den Stani. Wenn du die Konversation benützen wolltest – versprichst du mir's?

HANS KARL   Ja, weißt du – wenn sich ein zwangloser Übergang findet –

CRESCENCE *ist wieder bis zur Tür gegangen, spricht von dort aus* Du wirst schon das Richtige finden. Du machst dir keine Idee, was du für eine Autorität für ihn bist. *Im Begriff hinauszugehen, macht sie wiederum kehrt, kommt bis an den Schreibtisch vor.* Sag ihm, daß du sie unelegant findest – und, daß du dich nie mit ihr eingelassen hättest. Dann laßt er sie von morgen an stehen. *Sie geht wieder zur Tür, das gleiche Spiel.* Weißt du, sag's ihm nicht zu scharf, aber auch nicht gar zu leicht. Nicht gar zu sous-entendu. Und daß er ja keinen Verdacht hat, daß es von mir kommt – er hat die fixe Idee, ich will ihn verheiraten, natürlich will ich, aber – er darf's nicht merken: darin ist er ja so ähnlich mit dir: die bloße Idee, daß man ihn beeinflussen möcht' – ! *Noch einmal das gleiche Spiel.* Weißt du, mir liegt sehr viel dran, daß es heute noch gesagt wird, wozu einen Abend verlieren? Auf die Weise hast du auch dein Programm: du machst der Antoinette klar, wie du das Ganze mißbilligst – du bringst sie auf ihre Ehe – du singst dem Adolf sein Lob – so hast du eine Mission, und der ganze Abend hat einen Sinn für dich. *Sie geht.*

VIERTE SZENE

VINZENZ *ist von rechts hereingekommen, sieht sich zuerst um, ob Crescence fort ist, dann* Ich weiß nicht, ob der erste Diener gemeldet hat, es ist draußen eine jüngere Person, eine Kammerfrau oder so etwas …

HANS KARL Um was handelt sich's?

VINZENZ Sie kommt von der Frau Gräfin Hechingen nämlich. Sie scheint so eine Vertrauensperson zu sein. *Nochmals näher tretend.* Eine verschämte Arme ist es nicht.

HANS KARL Ich werde das alles selbst sehen, führen Sie sie herein. *Vinzenz rechts ab.*

FÜNFTE SZENE

LUKAS *schnell herein durch die Mitte* Ist untertänigst Euer Erlaucht gemeldet worden? Von Frau Gräfin Hechingen die Kammerfrau, die Agathe. Ich habe gesagt: Ich weiß durchaus nicht, ob Erlaucht zu Hause sind.

HANS KARL Gut. Ich habe sagen lassen, ich bin da. Haben Sie zum Grafen Altenwyl telephoniert?

LUKAS Ich bitte Erlaucht untertänigst um Vergebung. Ich habe bemerkt, Erlaucht wünschen nicht, daß telephoniert wird, wünschen aber auch nicht, der Frau Gräfin zu widersprechen – so habe ich vorläufig nichts telephoniert.

HANS KARL *lächelnd* Gut, Lukas.

Lukas geht bis an die Tür.

HANS KARL   Lukas, wie finden Sie den neuen Diener?

LUKAS *zögernd* Man wird vielleicht sehen, wie er sich macht.

HANS KARL Unmöglicher Mann. Auszahlen. Wegexpedieren!

LUKAS Sehr wohl, Euer Erlaucht. So hab' ich mir gedacht.

HANS KARL Heute abend nichts erwähnen.

SECHSTE SZENE

Vinzenz führt Agathe herein. Beide Diener ab.

HANS KARL Guten Abend, Agathe.

AGATHE Daß ich Sie sehe, Euer Gnaden Erlaucht! Ich zittre ja.

HANS KARL Wollen Sie sich nicht setzen?

AGATHE *stehend* Oh, Euer Gnaden, seien nur nicht ungehalten darüber, daß ich gekommen bin, statt dem Brandstätter.

HANS KARL Aber liebe Agathe, wir sind ja doch alte Bekannte. Was
bringt Sie denn zu mir?

AGATHE Mein Gott, das wissen doch Erlaucht. Ich komm' wegen
der Briefe.

Hans Karl ist betroffen.

AGATHE Oh Verzeihung, oh Gott, es ist ja nicht zum Ausdenken,
wie mir meine Frau Gräfin eingeschärft hat, durch mein Betragen
nichts zu verderben.

HANS KARL *zögernd* Die Frau Gräfin hat mir allerdings geschrieben,
daß gewisse in meiner Hand befindliche, ihr gehörige Briefe, würden von einem Herrn Brandstätter am Fünfzehnten abgeholt werden. Heute ist der Zwölfte, aber ich kann natürlich die Briefe
auch Ihnen übergeben. Sofort, wenn es der Wunsch der Frau
Gräfin ist. Ich weiß ja, Sie sind der Frau Gräfin sehr ergeben.

AGATHE Gewisse Briefe – wie Sie das sagen, Erlaucht. Ich weiß ja
doch, was das für Briefe sind.

HANS KARL *kühl* Ich werde sofort den Auftrag geben.

AGATHE Wenn sie uns so beisammen sehen könnte, meine Frau
Gräfin. Das wäre ihr eine Beruhigung, eine kleine Linderung.

Hans Karl fängt an, in der Lade zu suchen.

AGATHE Nach diesen entsetzlichen sieben Wochen, seitdem wir wissen, daß unser Herr Graf aus dem Felde zurück ist und wir kein Lebenszeichen von ihm haben …

HANS KARL *sieht auf* Sie haben vom Grafen Hechingen kein Lebenszeichen?

AGATHE Von dem! Wenn ich sage, »unser Herr Graf«, das heißt in unserer Sprache Sie, Erlaucht! Vom Grafen Hechingen sagen wir nicht »unser Herr Graf!«

HANS KARL *sehr geniert* Ah, pardon, das konnte ich nicht wissen.

AGATHE *schüchtern* Bis heute nachmittag haben wir ja geglaubt, daß heute bei der gräflich Altenwylschen Soiree das Wiedersehen sein wird. Da telephoniert mir die Jungfer von der Komtesse Altenwyl: Er hat abgesagt!

Hans Karl steht auf.

AGATHE Er hat abgesagt, Agathe, ruft die Frau Gräfin, abgesagt, weil er gehört hat, daß ich hinkomme! Dann ist doch alles vorbei! Und dabei schaut sie mich an mit einem Blick, der einen Stein erweichen könnte.

HANS KARL *sehr höflich, aber mit dem Wunsche, ein Ende zu machen* Ich fürchte, ich habe die gewünschten Briefe nicht hier in meinem Schreibtisch, ich werde gleich meinen Sekretär rufen.

AGATHE Oh Gott, in der Hand eines Sekretärs sind diese Briefe! Das dürfte meine Frau Gräfin nie erfahren!

HANS KARL Die Briefe sind natürlich eingesiegelt.

AGATHE Eingesiegelt! So weit ist es schon gekommen?

HANS KARL *spricht ins Telephon* Lieber Neugebauer, wenn Sie für einen Augenblick herüberkommen würden! Ja, ich bin jetzt frei – aber ohne die Akten – es handelt sich um etwas anderes. Augenblicklich? Nein, rechnen Sie nur zu Ende. In drei Minuten, das genügt.

AGATHE Er darf mich nicht sehen, er kennt mich von früher!

HANS KARL Sie können in die Bibliothek treten, ich mach' Ihnen Licht.

AGATHE Wie hätten wir uns denn das denken können, daß alles auf einmal vorbei ist.

HANS KARL *im Begriff, sie hinüberzuführen, bleibt stehen, runzelt die Stirn*

Liebe Agathe, da Sie ja von allem informiert sind – ich verstehe nicht ganz, ich habe ja doch der Frau Gräfin aus dem Feldspital einen langen Brief geschrieben, dieses Frühjahr.

AGATHE Ja, den abscheulichen Brief.

HANS KARL Ich verstehe Sie nicht. Es war ein sehr freundschaftlicher Brief.

AGATHE Das war ein perfider Brief. So gezittert haben wir, als wir ihn gelesen haben, diesen Brief. Erbittert waren wir und gedemütigt!

HANS KARL Ja, worüber denn, ich bitt' Sie um alles!

AGATHE *sieht ihn an* Darüber, daß Sie darin den Grafen Hechingen so herausgestrichen haben – und gesagt haben, auf die Letzt ist ein Mann wie der andere, und ein jeder kann zum Ersatz für einen jeden genommen werden.

HANS KARL Aber so habe ich mich doch gar nicht ausgedrückt. Das waren doch niemals meine Gedanken!

AGATHE Aber das war der Sinn davon. Ah, wir haben den Brief oft und oft gelesen! Das, hat meine Frau Gräfin ausgerufen, das ist also das Resultat der Sternennächte und des einsamen Nachdenkens, dieser Brief, wo er mir mit dürren Worten sagt: ein Mann ist wie der andere, unsere Liebe war nur eine Einbildung, vergiß mich, nimm wieder den Hechingen –

HANS KARL Aber nichts von allen diesen Worten ist in dem Brief gestanden.

AGATHE Auf die Worte kommt's nicht an. Aber den Sinn haben wir gut herausbekommen. Diesen demütigenden Sinn, diese erniedrigenden Folgerungen. Oh, das wissen wir genau. Dieses Sichselbsterniedrigen ist eine perfide Kunst. Wo der Mann sich anklagt in einer Liebschaft, da klagt er die Liebschaft an. Und im Handumdrehen sind wir die Angeklagten.

Hans Karl schweigt.

AGATHE *einen Schritt näher tretend* Ich habe gekämpft für unsern Herrn Grafen, wie meine Frau Gräfin gesagt hat: Agathe, du wirst es sehen, er will die Komtesse Altenwyl heiraten, und nur darum will er meine Ehe wieder zusammenleimen.

HANS KARL Das hat die Frau Gräfin mir zugemutet?

AGATHE Das waren ihre bösesten Stunden, wenn sie über dem gegrübelt hat. Dann ist wieder ein Hoffnungsstrahl gekommen. Nein, vor der Helen, hat sie dann gerufen, nein, vor der fürcht' ich mich nicht – denn die lauft ihm nach; und wenn dem Kari eine nachlauft, die ist bei ihm schon verloren, und sie verdient ihn auch nicht, denn sie hat kein Herz.

HANS KARL *richtet etwas* Wenn ich Sie überzeugen könnte –

AGATHE Aber dann wieder plötzlich die Angst –

HANS KARL Wie fern mir das alles liegt –

AGATHE Oh Gott, ruft sie aus, er war noch nirgends! Wenn das bedeutungsvoll sein sollte –

HANS KARL Wie fern mir das alles liegt!

AGATHE Wenn er vor meinen Augen sich mit ihr verlobt –

HANS KARL Wie kann nur die Frau Gräfin –

AGATHE Oh, so etwas tun Männer, aber Sie tun's nicht, nicht wahr, Erlaucht?

HANS KARL Es liegt mir nichts in der Welt ferner, meine liebe Agathe.

AGATHE Oh, küss' die Hände, Erlaucht! *Küßt ihm schnell die Hand.*

HANS KARL *entzieht ihr die Hand* Ich höre meinen Sekretär kommen.

AGATHE Denn wir wissen ja, wir Frauen, daß so etwas Schönes nicht für die Ewigkeit ist. Aber, daß es deswegen auf einmal plötzlich aufhören soll, in das können wir uns nicht hineinfinden!

HANS KARL Sie sehen mich dann. Ich gebe Ihnen selbst die Briefe und – Herein! Kommen Sie nur, Neugebauer.

Agathe rechts ab.

SIEBENTE SZENE

NEUGEBAUER *tritt ein* Euer Erlaucht haben befohlen.

HANS KARL Wenn Sie die Freundlichkeit hätten, meinem Gedächtnis etwas zu Hilfe zu kommen. Ich suche ein Paket Briefe – es sind private Briefe, versiegelt – ungefähr zwei Finger dick.

NEUGEBAUER Mit einem von Euer Erlaucht darauf geschriebenen Datum? Juni 15 bis 22. Oktober 16?

HANS KARL   Ganz richtig. Sie wissen –

NEUGEBAUER   Ich habe dieses Konvolut unter den Händen gehabt, aber ich kann mich im Moment nicht besinnen. Im Drang der Geschäfte unter so verschiedenartigen Agenden, die täglich zunehmen –

HANS KARL *ganz ohne Vorwurf* Es ist mir unbegreiflich, wie diese ganz privaten Briefe unter die Akten geraten sein können –

NEUGEBAUER   Wenn ich befürchten müßte, daß Euer Erlaucht den leisesten Zweifel in meine Diskretion setzen –

HANS KARL   Aber das ist mir ja gar nicht eingefallen.

NEUGEBAUER   Ich bitte, mich sofort nachsuchen zu lassen; ich werde alle meine Kräfte daransetzen, dieses höchst bedauerliche Vorkommnis aufzuklären.

HANS KARL   Mein lieber Neugebauer, Sie legen dem ganzen Vorfall viel zu viel Gewicht bei.

NEUGEBAUER   Ich habe schon seit einiger Zeit die Bemerkung gemacht, daß etwas an mir neuerdings Euer Erlaucht zur Ungeduld reizt. Allerdings war mein Bildungsgang ganz auf das Innere gerichtet, und wenn ich dabei vielleicht keine tadellosen Salonmanieren erworben habe, so wird dieser Mangel vielleicht in den Augen eines wohlwollenden Beurteilers aufgewogen werden können durch Qualitäten, die persönlich hervorheben zu müssen meinem Charakter allerdings nicht leicht fallen würde.

HANS KARL   Ich zweifle keinen Augenblick, lieber Neugebauer. Sie machen mir den Eindruck, überanstrengt zu sein. Ich möchte Sie bitten, sich abends etwas früher freizumachen. Machen Sie doch jeden Abend einen Spaziergang mit Ihrer Braut.

Neugebauer schweigt.

HANS KARL   Falls es private Sorgen sind, die Sie irritieren, vielleicht könnte ich in irgendeiner Beziehung erleichternd eingreifen.

NEUGEBAUER   Euer Erlaucht nehmen an, daß es sich bei unsereinem ausschließlich um das Materielle handeln könnte.

HANS KARL   Ich habe gar nichts solches sagen wollen. Ich weiß, Sie sind Bräutigam, also gewiß glücklich …

NEUGEBAUER   Ich weiß nicht, ob Euer Erlaucht auf die Beschließerin von Schloß Hohenbühl anspielen?

HANS KARL Ja, mit der Sie doch seit fünf Jahren verlobt sind.

NEUGEBAUER Meine gegenwärtige Verlobte ist die Tochter eines höheren Beamten. Sie war die Braut meines besten Freundes, der vor einem halben Jahr gefallen ist. Schon bei Lebzeiten ihres Verlobten bin ich ihrem Herzen nahe gestanden – und ich habe es als ein heiliges Vermächtnis des Gefallenen betrachtet, diesem jungen Mädchen eine Stütze fürs Leben zu bieten.

HANS KARL *zögernd* Und die frühere langjährige Beziehung?

NEUGEBAUER Die habe ich natürlich gelöst. Selbstverständlich in der vornehmsten und gewissenhaftesten Weise.

HANS KARL Ah!

NEUGEBAUER Ich werde natürlich allen nach dieser Seite hin eingegangenen Verpflichtungen nachkommen und diese Last schon in die junge Ehe mitbringen. Allerdings keine Kleinigkeit.

Hans Karl schweigt.

NEUGEBAUER Vielleicht ermessen Euer Erlaucht doch nicht zur Genüge, mit welchem bitteren, sittlichen Ernst das Leben in unsern glanzlosen Sphären behaftet ist, und wie es sich hier nur darum handeln kann, für schwere Aufgaben noch schwerere einzutauschen.

HANS KARL Ich habe gemeint, wenn man heiratet, so freut man sich darauf.

NEUGEBAUER Der persönliche Standpunkt kann in unserer bescheidenen Welt nicht maßgebend sein.

HANS KARL Gewiß, gewiß. Also Sie werden mir die Briefe möglichst finden.

NEUGEBAUER Ich werde nachforschen, und wenn es sein müßte, bis Mitternacht. *Ab.*

HANS KARL *vor sich* Was ich nur an mir habe, daß alle Menschen so tentiert sind, mir eine Lektion zu erteilen, und daß ich nie ganz bestimmt weiß, ob sie nicht das Recht dazu haben.

ACHTE SZENE

STANI *steht in der Mitteltür, im Frack* Pardon, nur um dir guten Abend zu sagen, Onkel Kari, wenn man dich nicht stört.

HANS KARL *war nach rechts gegangen, bleibt jedoch stehen* Aber gar nicht. *Bietet ihm Platz an und eine Zigarette.*

STANI *nimmt die Zigarette* Aber natürlich chipotierts dich, wenn man unangemeldet hereinkommt. Darin bist du ganz wie ich. Ich hass' es auch, wenn man mir die Tür einrennt. Ich will immer zuerst meine Ideen ein bißl ordnen.

HANS KARL Ich bitte, genier' dich nicht, du bist doch zu Hause.

STANI Oh pardon, ich bin bei dir ...

HANS KARL Setz dich doch.

STANI Nein wirklich, ich hätte nie gewagt, wenn ich nicht so deutlich die krähende Stimm' vom Neugebauer ...

HANS KARL Er ist im Moment gegangen.

STANI Sonst wäre ich ja nie ... nämlich der neue Diener lauft mir vor fünf Minuten im Korridor nach und meldet mir, notabene ungefragt, du hättest die Jungfer von der Antoinette Hechingen bei dir und wärest schwerlich zu sprechen.

HANS KARL *halblaut* Ah, das hat er dir ... ein reizender Mann!

STANI Da wäre ich ja natürlich unter keinen Umständen ...

HANS KARL Sie hat ein paar Bücher zurückgebracht.

STANI Die Toinette Hechingen liest Bücher?

HANS KARL Es scheint. Ein paar alte französische Sachen.

STANI Aus dem XVIII. Das paßt zu ihren Möbeln.

Hans Karl schweigt.

STANI Das Boudoir ist scharmant. Die kleine Chaiselongue! Sie ist signiert.

HANS KARL Ja, die kleine Chaiselongue. Riesener.

STANI Ja, Riesener. Was du für ein Namensgedächtnis hast! Unten ist die Signatur.

HANS KARL Ja, unten am Fußende.

STANI Sie verliert immer ihre kleinen Kämme aus den Haaren, und wenn man sich dann bückt, um die zusammenzusuchen, dann sieht man die Inschrift.

Hans Karl geht nach rechts hinüber und schließt die Tür nach der Biblio-
thek.

STANI Zieht's dir, bist du empfindlich?

HANS KARL Ja, meine Schützen und ich, wir sind da draußen rheu-
matisch geworden wie die alten Jagdhunde.

STANI Weißt du, sie spricht scharmant von dir, die Antoinette.

HANS KARL *raucht* Ah! ...

STANI Nein, ohne Vergleich. Ich verdanke den Anfang meiner
Chance bei ihr ganz gewiß dem Umstand, daß sie mich so fabelhaft ähnlich mit dir findet. Zum Beispiel unsere Hände. Sie ist in
Ekstase vor deinen Händen. *Er sieht seine eigene Hand an.* Aber
bitte, erwähn' nichts von allem gegen die Mamu. Es ist halt ein
weitgehender Flirt, aber deswegen doch keine Bandelei. Aber die
Mamu übertreibt sich alles.

HANS KARL Aber mein guter Stani, wie käme ich denn auf das
Thema?

STANI Allmählich ist sie natürlich auch auf die Unterschiede zwischen uns gekommen. Ça va sans dire.

HANS KARL Die Antoinette?

STANI Sie hat mir geschildert, wie der Anfang eurer Freundschaft
war.

HANS KARL Ich kenne sie ja ewig lang.

STANI Nein, aber das vor zwei Jahren. Im zweiten Kriegsjahr. Wie
du nach der ersten Verwundung auf Urlaub warst, die paar Tage
in der Grünleiten.

HANS KARL Datiert sie von daher unsere Freundschaft?

STANI Natürlich. Seit damals bist du ihr großer Freund. Als Ratge-
ber, als Vertrauter, als was du willst, einfach hors ligne. Du hättest
dich benommen wie ein Engel.

HANS KARL Sie übertreibt sehr leicht, die gute Antoinette.

STANI Aber sie hat mir ja haarklein erzählt, wie sie aus Angst vor
dem Alleinsein in der Grünleiten mit ihrem Mann, der gerade
auch auf Urlaub war, sich den Feri Uhlfeldt, der damals wie der
Teufel hinter ihr her war, auf den nächsten Tag hinausbestellt,
wie sie dann dich am Abend vorher im Theater sieht und es wie
eine Inspiration über sie kommt, sie dich bittet, du solltest noch

abends mit ihr hinausfahren und den Abend mit ihr und dem
Adolf zu dritt verbringen.

HANS KARL Damals hab' ich ihn noch kaum gekannt.

STANI Ja, das entre parenthèses, das begreift sie gar nicht! Daß du
dich später mit ihm hast so einlassen können. Mit diesem öden
Dummkopf, diesem Pedanten.

HANS KARL Da tut sie ihrem Mann unrecht, sehr!

STANI Na, da will ich mich nicht einmischen. Aber sie erzählt das
reizend.

HANS KARL Das ist ja ihre Stärke, diese kleinen Konfidenzen.

STANI Ja, damit fangt sie an. Diesen ganzen Abend, ich sehe ihn
vor mir, wie sie dann nach dem Souper dir den Garten zeigt, die
reizenden Terrassen am Fluß, wie der Mond aufgeht ...

HANS KARL Ah, so genau hat sie dir das erzählt.

STANI Und wie du in der einen nächtlichen Konversation die Kraft
gehabt hast, ihr den Feri Uhlfeldt vollkommen auszureden.

Hans Karl raucht und schweigt.

STANI Das bewundere ich ja so an dir: du redest wenig, bist so
zerstreut und wirkst so stark. Deswegen find ich auch ganz natürlich, worüber sich so viele Leut den Mund zerreißen: daß du im
Herrenhaus seit anderthalb Jahren deinen Sitz eingenommen hast,
aber nie das Wort ergreifst. Vollkommen in der Ordnung ist das für
einen Herrn wie du bist! Ein solcher Herr spricht eben durch seine
Person! Oh, ich studier dich. In ein paar Jahren hab ich das. Jetzt
hab ich noch zuviel Passion in mir. Du gehst nie auf die Sache aus
und hast so gar keine Suada, das ist gerade das Elegante an dir. Jeder
andere wäre in dieser Situation ihr Liebhaber geworden.

HANS KARL *mit einem nur in den Augen merklichen Lächeln* Glaubst du?

STANI Unbedingt. Aber ich versteh natürlich sehr gut: in deinen
Jahren bist du zu serios dafür. Es tentiert dich nicht mehr: so leg
ich mir's zurecht. Weißt du, das liegt so in mir: ich denk über
alles nach. Wenn ich Zeit gehabt hätt', auf der Universität zu
bleiben – für mich: Wissenschaft, das wäre mein Fach gewesen.
Ich wäre auf Sachen, auf Probleme gekommen, auf Fragestellun-
gen, an die andere Menschen gar nicht streifen. Für mich ist das
Leben ohne Nachdenken kein Leben. Zum Beispiel: Weiß man

das auf einmal, so auf einen Ruck: Jetzt bin ich kein junger Herr
mehr? – Das muß ein sehr unangenehmer Moment sein.

HANS KARL Weißt du, ich glaub', es kommt ganz allmählich. Wenn
einen auf einmal der andere bei der Tür vorausgehen läßt und du
merkst dann: ja, natürlich, er ist viel jünger, obwohl er auch schon
ein erwachsener Mensch ist.

STANI Sehr interessant. Wie du alles gut beobachtest. Darin bist
du ganz wie ich. Und dann wird's einem so zur Gewohnheit,
das Ältersein?

HANS KARL Ja, es gibt aber immer noch gewisse Momente, die einen
frappieren. Zum Beispiel, wenn man sich plötzlich klar wird, daß
man nicht mehr glaubt, daß es Leute gibt, die einem alles erklären könnten.

STANI Eines versteh' ich aber doch nicht, Onkel Kari, daß du mit
dieser Reife und konserviert wie du bist, nicht heiratest.

HANS KARL Jetzt?

STANI Ja, eben jetzt. Denn der Mann, der kleine Abenteuer sucht,
bist du doch nicht mehr. Weißt du, ich würde natürlich sofort
begreifen, daß sich jede Frau heut' noch für dich interessiert.
Aber die Toinette hat mir erklärt, warum ein Interesse für dich
nie serios wird.

HANS KARL Ah!

STANI Ja, sie hat viel darüber nachgedacht. Sie sagt: du fixierst
nicht, weil du nicht genug Herz hast.

HANS KARL Ah!

STANI Ja, dir fehlt das Eigentliche. Das, sagt sie, ist der enorme
Unterschied zwischen dir und mir. Sie sagt: du hast das Handgelenk immer geschmeidig, um loszulassen, das spürt eine Frau, und
wenn sie selbst im Begriff gewesen wäre, sich in dich zu verlieben,
so verhindert das die Kristallisation.

HANS KARL Ah, so drückt sie sich aus?

STANI Das ist ja ihr großer Charme, daß sie eine Konversation hat.
Weißt du, das brauch' ich absolut: eine Frau, die mich fixieren
soll, die muß außer ihrer absoluten Hingebung auch eine Konversation haben.

HANS KARL Darin ist sie delizios.

STANI   Absolut. Das hat sie: Charme, Geist und Temperament, so wie sie etwas anderes nicht hat: nämlich Rasse.

HANS KARL   Du findest?

STANI   Weißt du, Onkel Kari, ich bin ja so gerecht; eine Frau kann hundertmal das Äußerste an gutem Willen für mich gehabt haben – ich geb' ihr, was sie hat, und ich sehe unerbittlich, was sie nicht hat. Du verstehst mich: Ich denk' über alles nach und mach' mir immer zwei Kategorien. Also die Frauen teile ich in zwei große Kategorien: die Geliebte und die Frau, die man heiratet. Die Antoinette gehört in die erste Kategorie, sie kann hundertmal die Frau vom Adolf Hechingen sein, für mich ist sie keine Frau, sondern – das andere.

HANS KARL   Das ist ihr Genre, natürlich. Wenn man die Menschen so einteilen will.

STANI   Absolut. Darum ist es, in Parenthese, die größte Dummheit, sie mit ihrem Mann versöhnen zu wollen.

HANS KARL   Wenn er aber doch einmal ihr Mann ist? Verzeih', das ist vielleicht ein sehr spießbürgerlicher Gedanke.

STANI   Weißt du, verzeih' mir, ich mache mir meine Kategorien, und da bin ich dann absolut darin, ebenso über die Galanterie, ebenso über die Ehe. Die Ehe ist kein Experiment. Sie ist das Resultat eines richtigen Entschlusses.

HANS KARL   Von dem du natürlich weit entfernt bist.

STANI   Aber gar nicht. Augenblicklich bereit, ihn zu fassen.

HANS KARL   Im jetzigen Moment?

STANI   Ich finde mich außerordentlich geeignet, eine Frau glücklich zu machen, aber bitte, sag' das der Mamu nicht, ich will mir in allen Dingen meine volle Freiheit bewahren. Darin bin ich ja haarklein wie du. Ich vertrage nicht, daß man mich beengt.

Hans Karl raucht.

STANI   Der Entschluß muß aus dem Moment hervorgehen. Gleich oder gar nicht, das ist meine Devise!

HANS KARL   Mich interessiert nichts auf der Welt so sehr, als wie man von einer Sache zur andern kommt. Du würdest also nie einen Entschluß vor dich hinschieben?

STANI   Nie, das ist die absolute Schwäche.

HANS KARL   Aber es gibt doch Komplikationen?

STANI   Die negiere ich.

HANS KARL   Beispielsweise sich kreuzende widersprechende Verpflichtungen.

STANI   Von denen hat man die Wahl, welche man lösen will.

HANS KARL   Aber man ist doch in dieser Wahl bisweilen sehr behin-
dert.

STANI   Wieso?

HANS KARL   Sagen wir durch Selbstvorwürfe.

STANI   Das sind Hypochondrien. Ich bin vollkommen gesund. Ich
war im Feld nicht einen Tag krank.

HANS KARL   Ah, du bist mit deinem Benehmen immer absolut
zufrieden?

STANI   Ja, wenn ich das nicht wäre, so hätte ich mich doch anders
benommen.

HANS KARL   Pardon, ich spreche nicht von Unkorrektheiten – aber
du läßt mit einem Wort den Zufall oder nennen wir's das Schicksal unbedenklich walten.

STANI   Wieso? Ich behalte immer alles in der Hand.

HANS KARL   Zeitweise ist man aber halt doch versucht, bei solchen
Entscheidungen einen bizarren Begriff einzuschieben: den der
höheren Notwendigkeit.

STANI   Was ich tue, ist eben notwendig, sonst würde ich es nicht
tun.

HANS KARL *interessiert*   Verzeih', wenn ich aus der aktuellen Wirklichkeit heraus exemplifiziere – das schickt sich ja eigentlich nicht …

STANI   Aber bitte …

HANS KARL   Eine Situation würde dir, sagen wir, den Entschluß zur
Heirat nahelegen.

STANI   Heute oder morgen.

HANS KARL   Nun bist du mit der Antoinette in dieser Weise immer-
hin befreundet.

STANI   Ich brouillier mich mit ihr, von heut' auf morgen!

HANS KARL   Ah! Ohne jeden Anlaß?

STANI   Aber der Anlaß liegt doch immer in der Luft. Bitte. Unsere
Beziehung dauert seit dem Frühjahr. Seit sechs, sieben Wochen

ist irgend etwas an der Antoinette, ich kann nicht sagen, was –
ein Verdacht wäre schon zuviel – aber die bloße Idee, daß sie sich
außer mit mir noch mit jemandem andern beschäftigen könnte,
weißt du, darin bin ich absolut.

HANS KARL   Ah, ja.

STANI   Weißt du, das ist stärker als ich. Ich möchte es gar nicht
Eifersucht nennen, es ist ein derartiges Nichtbegreifenkönnen,
daß eine Frau, der ich mich attachiert habe, zugleich mit einem
andern – begreifst du?

HANS KARL   Aber die Antoinette ist doch so unschuldig, wenn sie
etwas anstellt. Sie hat dann fast noch mehr Charme.

STANI   Da verstehe ich dich nicht.

NEUNTE SZENE

NEUGEBAUER *ist leise eingetreten*   Hier sind die Briefe, Euer Erlaucht.
Ich habe sie auf den ersten Griff ...

HANS KARL   Danke. Bitte, geben Sie mir sie.

Neugebauer gibt ihm die Briefe.

HANS KARL   Danke.

Neugebauer ab.

ZEHNTE SZENE

HANS KARL *nach einer kleinen Pause*   Weißt du, wen ich für den gebor-
nen Ehemann halte?

STANI   Nun?

HANS KARL   Den Adolf Hechingen.

STANI   Der Antoinette ihren Mann? Hahaha! –

HANS KARL   Ich red' ganz im Ernst.

STANI   Aber Onkel Kari.

HANS KARL   In seinem Attachement an diese Frau ist eine höhere
Notwendigkeit.

STANI   Der prädestinierte – ich will nicht sagen was!

HANS KARL Sein Schicksal geht mir nah'.

STANI Für mich gehört er in eine Kategorie: der instinktlose Mensch. Weißt du, an wen er sich anhängt, wenn du nicht im Klub bist? An mich. Ausgerechnet an mich! Er hat einen Flair!

HANS KARL Ich habe ihn gern.

STANI Aber er ist doch unelegant bis über die Ohren.

HANS KARL Aber ein innerlich vornehmer Mensch.

STANI Ein uneleganter, schwerfälliger Kerl.

HANS KARL Er braucht eine Flasche Champagner ins Blut.

STANI Sag' das nie vor ihm, er nimmt's wörtlich. Ein uneleganter Mensch ist mir ein Greuel, wenn er getrunken hat.

HANS KARL Ich hab' ihn gern.

STANI Er nimmt alles wörtlich, auch deine Freundschaft für ihn.

HANS KARL Aber er darf sie wörtlich nehmen.

STANI Pardon, Onkel Kari, bei dir darf man nichts wörtlich neh-men, wenn man das tut, gehört man in die Kategorie: Instinktlos.

HANS KARL Aber er ist ein so guter, vortrefflicher Mensch.

STANI Meinetwegen, wenn du das von ihm sagst, aber das ist noch gar kein Grund, daß er immer von deiner Güte spricht. Das geht mir auf die Nerven. Ein eleganter Mensch hat Bonhomie, aber er ist kein guter Mensch. Pardon, sag' ich, der Onkel Kari ist ein großer Herr und darum auch ein großer Egoist, selbstverständ-lich. Du verzeihst.

HANS KARL Es nützt nichts, ich hab' ihn gern.

STANI Das ist eine Bizarrerie von dir! Du hast es doch nicht not-wendig, bizarr zu sein! Du hast doch das Wunderbare, daß du mühelos das vorstellst, was du bist: ein großer Herr! Mühelos! Das ist der große Punkt. Der Mensch zweiter Kategorie bemüht sich unablässig. Bitte, da ist dieser Theophil Neuhoff, den man seit einem Jahr überall sieht. Was ist eine solche Existenz anderes als eine fortgesetzte jämmerliche Bemühung, ein Genre zu kopie-ren, das eben nicht sein Genre ist.

ELFTE SZENE

LUKAS *kommt eilig* Darf ich fragen – haben Euer Erlaucht Befehl gegeben, daß fremder Besuch vorgelassen wird?

HANS KARL   Aber absolut nicht. Was ist denn das?

LUKAS   Da muß der neue Diener eine Konfusion gemacht haben. Eben wird vom Portier herauftelephoniert, daß Herr Baron Neuhoff auf der Treppe ist. Bitte, zu befehlen, was mit ihm geschehen soll.

STANI   Also, im Moment, wo wir von ihm sprechen. Das ist kein Zufall. Onkel Kari, dieser Mensch ist mein Guignon, und ich beschwöre sein Kommen herauf. Vor einer Woche bei der Helen, ich will ihr eben meine Ansicht über den Herrn v. Neuhoff sagen, im Moment steht der Neuhoff auf der Schwelle. Vor drei Tagen, ich geh' von der Antoinette weg – im Vorzimmer steht der Herr v. Neuhoff. Gestern früh bei meiner Mutter, ich wollte dringend etwas mit ihr besprechen, im Vorzimmer find' ich den Herrn v. Neuhoff.

VINZENZ *tritt ein, meldet* Herr Baron Neuhoff sind im Vorzimmer.

HANS KARL   Jetzt muß ich ihn natürlich empfangen.

Lukas winkt: eintreten lassen.

Vinzenz öffnet die Flügeltür, läßt eintreten.

ZWÖLFTE SZENE

NEUHOFF *tritt ein* Guten Abend, Graf Bühl. Ich war so unbescheiden, nachzusehen, ob Sie zu Hause wären.

HANS KARL   Sie kennen meinen Neffen Freudenberg?

STANI   Wir haben uns getroffen. *Sie setzen sich.*

NEUHOFF   Ich sollte die Freude haben, Ihnen diesen Abend im Altenwylschen Hause zu begegnen. Gräfin Helene hatte sich ein wenig darauf gefreut, uns zusammenzuführen. Um so schmerzlicher war mein Bedauern, als ich durch Gräfin Helene diesen Nachmittag erfahren mußte, Sie hätten abgesagt.

HANS KARL   Sie kennen meine Cousine seit dem letzten Winter?

NEUHOFF Kennen – wenn man das Wort von einem solchen Wesen brauchen darf. In gewissen Augenblicken gewahrt man erst, wie doppelsinnig das Wort ist: es bezeichnet das Oberflächlichste von der Welt und zugleich das tiefste Geheimnis des Daseins zwischen Mensch und Mensch.

Hans Karl und Stani wechseln einen Blick.

NEUHOFF Ich habe das Glück, Gräfin Helene nicht selten zu sehen und ihr in Verehrung anzugehören.

Eine kleine, etwas genierte Pause.

NEUHOFF Heute nachmittag – wir waren zusammen im Atelier von Bohuslawsky – Bohuslawsky macht mein Porträt, das heißt, er quält sich unverhältnismäßig, den Ausdruck meiner Augen festzuhalten: er spricht von einem gewissen Etwas darin, das nur in seltenen Momenten sichtbar wird – und es war seine Bitte, daß die Gräfin Helene einmal dieses Bild ansehen und ihm über diese Augen ihre Kritik geben möchte – da sagt sie mir: Graf Bühl kommt nicht, gehen Sie zu ihm. Besuchen Sie ihn, ganz einfach. Es ist ein Mann, bei dem die Natur, die Wahrheit alles erreicht und die Absicht nichts. Ein wunderbarer Mann in unserer absichtsvollen Welt, war meine Antwort – aber so hab' ich mir ihn gedacht, so hab' ich ihn erraten, bei der ersten Begegnung.

STANI Sie sind meinem Onkel im Felde begegnet?

NEUHOFF Bei einem Stab.

HANS KARL Nicht in der sympathischesten Gesellschaft.

NEUHOFF Das merkte man Ihnen an, Sie sprachen unendlich wenig.

HANS KARL *lächelnd* Ich bin kein großer Causeur, nicht wahr, Stani?

STANI In der Intimität schon!

NEUHOFF Sie sprechen es aus, Graf Freudenberg, Ihr Onkel liebt es, in Gold zu zahlen; er hat sich an das Papiergeld des täglichen Verkehrs nicht gewöhnen wollen. Er kann mit seiner Rede nur seine Intimität vergeben, und die ist unschätzbar.

HANS KARL Sie sind äußerst freundlich, Baron Neuhoff.

NEUHOFF Sie müßten sich von Bohuslawsky malen lassen, Graf Bühl. Sie würde er in drei Sitzungen treffen. Sie wissen, daß seine Stärke das Kinderporträt ist. Ihr Lächeln ist genau die Andeutung eines Kinderlachens. Mißverstehen Sie mich nicht. Warum ist

denn Würde so ganz unnachahmlich? Weil ein Etwas von Kindlichkeit in ihr steckt. Auf dem Umweg über die Kindlichkeit
würde Bohuslawsky vermögen, einem Bilde von Ihnen das zu
geben, was in unserer Welt das Seltenste ist und was Ihre Erscheinung in hohem Maße auszeichnet: Würde. Denn wir leben in
einer würdelosen Welt.

HANS KARL   Ich weiß nicht, von welcher Welt Sie sprechen: uns
allen ist draußen soviel Würde entgegengetreten ...

NEUHOFF   Deswegen war ein Mann wie Sie draußen so in seinem
Element. Was haben Sie geleistet, Graf Bühl! Ich erinnere mich
des Unteroffiziers im Spital, der mit Ihnen und den dreißig Schützen verschüttet war.

HANS KARL   Mein braver Zugführer, der Hütter Franz! Meine Cousine hat Ihnen davon erzählt?

NEUHOFF   Sie hat mir erlaubt, sie bei diesem Besuch ins Spital zu
begleiten. Ich werde nie das Gesicht und die Rede dieses Sterben-
den vergessen.

Hans Karl sagt nichts.

NEUHOFF   Er sprach ausschließlich von Ihnen. Und in welchem
Ton! Er wußte, daß sie eine Verwandte seines Hauptmanns war,
mit der er sprach.

HANS KARL   Der arme Hütter Franz!

NEUHOFF   Vielleicht wollte mir die Gräfin Helene eine Idee von
Ihrem Wesen geben, wie tausend Begegnungen im Salon sie nicht
vermitteln können.

STANI *etwas scharf* Vielleicht hat sie vor allem den Mann selbst sehen
und vom Onkel Kari hören wollen.

NEUHOFF   In einer solchen Situation wird ein Wesen wie Helene
Altenwyl erst ganz sie selbst. Unter dieser vollkommenen Einfachheit, diesem Stolz der guten Rasse verbirgt sich ein Strömen
der Liebe, eine alle Poren durchdringende Sympathie: es gibt von
ihr zu einem Wesen, das sie sehr liebt und achtet, namenlose
Verbindungen, die nichts lösen könnte, und an die nichts rühren
darf. Wehe dem Gatten, der nicht verstünde, diese namenlose
Verbundenheit bei ihr zu achten, der engherzig genug wäre, alle
diese verteilten Sympathien auf sich vereinigen zu wollen.

Eine kleine Pause.
Hans Karl raucht.

NEUHOFF   Sie ist wie Sie: eines der Wesen, um die man nicht werben kann: die sich einem schenken müssen.

Abermals eine kleine Pause.

NEUHOFF *mit einer großen, vielleicht nicht ganz echten Sicherheit* Ich bin ein Wanderer, meine Neugierde hat mich um die halbe Welt getrieben. Das, was schwierig zu kennen ist, fasziniert mich; was sich verbirgt, zieht mich an. Ich möchte ein stolzes, kostbares Wesen, wie Gräfin Helene, in Ihrer Gesellschaft sehen, Graf Bühl. Sie würde eine andere werden, sie würde aufblühen: denn ich kenne niemanden, der so sensibel ist für menschliche Qualität.

HANS KARL   Das sind wir hier ja alle ein bißchen. Vielleicht ist das gar nichts so Besonderes an meiner Cousine.

NEUHOFF   Ich denke mir die Gesellschaft, die ein Wesen wie Helene Altenwyl umgeben müßte, aus Männern Ihrer Art bestehend. Jede Kultur hat ihre Blüten: Gehalt ohne Prätention, Vornehmheit gemildert durch eine unendliche Grazie, so ist die Blüte dieser alten Gesellschaft beschaffen, der es gelungen ist, was die Ruinen von Luxor und die Wälder des Kaukasus nicht vermochten, einen Unstäten, wie mich, in ihrem Bannkreis festzuhalten. Aber, erklären Sie mir eins, Graf Bühl. Gerade die Männer Ihres Schlages, von denen die Gesellschaft ihr eigentliches Gepräge empfängt, begegnet man allzu selten in ihr. Sie scheinen ihr auszuweichen.

STANI   Aber gar nicht, Sie werden den Onkel Kari gleich heute abend bei Altenwyls sehen, und ich fürchte sogar, so gemütlich dieser kleine Plausch hier ist, so müssen wir ihm bald Gelegenheit geben, sich umzuziehen. *Er ist aufgestanden.*

NEUHOFF   Müssen wir das, so sage ich Ihnen für jetzt adieu, Graf Bühl. Wenn Sie jemals, sei es in welcher Lage immer, eines fahrenden Ritters bedürfen sollten *schon im Gehen,* der dort, wo er das Edle, das Hohe ahnt, ihm unbedingt und ehrfürchtig zu dienen gewillt ist, so rufen Sie mich.

Hans Karl dahinter Stani, begleiten ihn. Wie sie an der Tür sind, klingelt das Telephon.

NEUHOFF   Bitte, bleiben Sie, der Apparat begehrt nach Ihnen.

STANI   Darf ich Sie bis an die Stiege begleiten?

HANS KARL *an der Tür*   Ich danke Ihnen sehr für Ihren guten Besuch, Baron Neuhoff.

Neuhoff und Stani ab.

HANS KARL *allein mit dem heftig klingelnden Apparat, geht an die Wand und drückt an den Zimmertelegraph, rufend*   Lukas, abstellen! Ich mag diese indiskrete Maschine nicht! Lukas! *Das Klingeln hört auf.*

DREIZEHNTE SZENE

STANI *kommt zurück*   Nur für eine Sekunde, Onkel Kari, wenn du mir verzeihst. Ich hab' müssen dein Urteil über diesen Herrn hören!

HANS KARL   Das deinige scheint ja fix und fertig zu sein.

STANI   Ah, ich find' ihn einfach unmöglich. Ich verstehe einfach eine solche Figur nicht. Und dabei ist der Mensch ganz gut geboren!

HANS KARL   Und du findest ihn so unannehmbar?

STANI   Aber ich bitte: so viel Taktlosigkeiten als Worte.

HANS KARL   Er will sehr freundlich sein, er will für sich gewinnen.

STANI   Aber man hat doch eine Assurance, man kriecht wildfremden Leuten doch nicht in die Westentasche.

HANS KARL   Und er glaubt allerdings, daß man etwas aus sich machen kann – das würde ich als eine Naivität ansehen oder als Erziehungsfehler.

STANI *geht aufgeregt auf und ab*   Diese Tiraden über die Helen!

HANS KARL   Daß ein Mädel wie die Helen mit ihm Konversation über unsereinen führt, macht mir auch keinen Spaß.

STANI   Daran ist gewiß kein wahres Wort. Ein Kerl, der kalt und warm aus einem Munde blast.

HANS KARL   Es wird alles sehr ähnlich gewesen sein, wie er sagt. Aber es gibt Leute, in deren Mund sich alle Nuancen verändern, unwillkürlich.

STANI   Du bist von einer Toleranz!

HANS KARL   Ich bin halt sehr alt, Stani.

STANI   Ich ärgere mich jedenfalls rasend, das ganze Genre bringt mich auf, diese falsche Sicherheit, diese ölige Suada, dieses Kokettieren mit seinem odiosen Spitzbart.

HANS KARL   Er hat Geist, aber es wird einem nicht wohl dabei.

STANI   Diese namenlosen Indiskretionen. Ich frage: was geht ihn dein Gesicht an?

HANS KARL   Au fond ist man vielleicht ein bedauernswerter Mensch, wenn man so ist.

STANI   Ich nenne ihn einen odiosen Kerl. Jetzt muß ich aber zur Mamu hinauf. Ich seh' dich jedenfalls in der Nacht im Klub, Onkel Kari.

Agathe sieht leise bei der Tür rechts herein, sie glaubt Hans Karl allein.
Stani kommt noch einmal nach vorne.
Hans Karl winkt Agathe zu verschwinden.

STANI   Weißt du, ich kann mich nicht beruhigen. Erstens die Bassesse, einem Herrn wie dir ins Gesicht zu schmeicheln.

HANS KARL   Das war nicht sehr elegant.

STANI   Zweitens das Affichieren einer weiß Gott wie dicken Freundschaft mit der Helen. Drittens die Spionage, ob du dich für sie interessierst.

HANS KARL *lächelnd*   Meinst du, er hat ein bißl das Terrain sondieren wollen?

STANI   Viertens diese maßlos indiskrete Anspielung auf seine künftige Situation. Er hat sich uns ja geradezu als ihren Zukünftigen vorgestellt. Fünftens dieses odiose Perorieren, das es einem unmöglich macht, auch nur einmal die Replique zu geben. Sechstens dieser unmögliche Abgang. Das war ja ein Geburtstagswunsch, ein Leitartikel. Aber ich halt dich auf, Onkel Kari.

Agathe ist wieder in der Tür erschienen, gleiches Spiel wie früher.

STANI *war schon im Verschwinden, kommt wieder nach vorne*   Darf ich noch einmal? Das eine kann ich nicht begreifen, daß dir die Sache wegen der Helen nicht näher geht!

HANS KARL   Inwiefern mir?

STANI   Pardon, mir steht die Helen zu nahe, als daß ich diese unmögliche Phrase von »Verehrung« und »Angehören« goutieren könnt'. Wenn man die Helen von klein auf kennt, wie eine Schwester!

HANS KARL Es kommt ein Moment, wo die Schwestern sich von den Brüdern trennen.

STANI Aber nicht für einen Neuhoff. Ah, ah!

HANS KARL Eine kleine Dosis von Unwahrheit ist den Frauen sehr sympathisch.

STANI So ein Kerl dürfte nicht in die Nähe von der Helen.

HANS KARL Wir werden es nicht hindern können.

STANI Ah, das möcht' ich sehen. Nicht in die Nähe!

HANS KARL Er hat uns die kommende Verwandtschaft angekündigt.

STANI In welchem Zustand muß die Helen sein, wenn sie sich mit diesem Menschen einläßt.

HANS KARL Weißt du, ich habe mir abgewöhnt, aus irgendeiner Handlung von Frauen Folgerungen auf ihren Zustand zu ziehen.

STANI Nicht, daß ich eifersüchtig wäre; aber mir eine Person wie die Helen – als Frau dieses Neuhoff zu denken, das ist für mich eine derartige Unbegreiflichkeit – die Idee ist mir einfach unfaß-lich – ich muß sofort mit der Mamu davon sprechen.

HANS KARL *lächelnd* Ja, tu das, Stani. –

Stani ab.

VIERZEHNTE SZENE

LUKAS *tritt ein* Ich fürchte, das Telephon war hereingestellt.

HANS KARL Ich will das nicht.

LUKAS Sehr wohl, Euer Erlaucht. Der neue Diener muß es umge-stellt haben, ohne daß ich's bemerkt habe. Er hat überall die Hände und die Ohren, wo er sie nicht haben soll.

HANS KARL Morgen um sieben Uhr früh expedieren.

LUKAS Sehr wohl. Der Diener vom Herrn Grafen Hechingen war am Telephon. Der Herr Graf möchten selbst gern sprechen wegen heute abend: ob Erlaucht in die Soiree zu Graf Altenwyl gehen oder nicht. Nämlich, weil die Frau Gräfin auch dort sein wird.

HANS KARL Rufen Sie jetzt bei Graf Altenwyl an und sagen Sie, ich habe mich freigemacht, lasse um Erlaubnis bitten, trotz meiner

Absage doch zu erscheinen. Und dann verbinden Sie mich mit dem Grafen Hechingen, ich werde selbst sprechen. Und bitten Sie indes die Kammerfrau, hereinzukommen.

LUKAS   Sehr wohl. *Geht ab, Agathe herein.*

FÜNFZEHNTE SZENE

HANS KARL *nimmt das Paket mit den Briefen*   Hier sind die Briefe. Sagen Sie der Frau Gräfin, daß ich mich von diesen Briefen darum trennen kann, weil die Erinnerung an das Schöne für mich unzerstörbar ist: ich werde sie nicht in einem Brief finden, sondern überall.

AGATHE   Oh, ich küss' die Hand! Ich bin ja so glücklich. Jetzt weiß ich, daß meine Frau Gräfin unsern Herrn Grafen bald wiedersehen wird.

HANS KARL   Sie wird mich heut' abend sehen. Ich werde auf die Soiree kommen.

AGATHE   Und dürften wir hoffen, daß Sie – daß derjenige, der ihr entgegentritt, der gleiche sein wird wie immer?

HANS KARL   Sie hat keinen besseren Freund.

AGATHE   Oh, ich küss' die Hand.

HANS KARL   Sie hat nur zwei wahre Freunde auf der Welt: mich und ihren Mann.

AGATHE   Oh, mein Gott, das will ich nicht hören. Oh Gott, oh Gott, das Unglück, daß sich unser Herr Graf mit dem Grafen Hechingen befreundet hat. Meiner Frau Gräfin bleibt wirklich nichts erspart.

HANS KARL *geht nervös ein paar Schritte von ihr weg*   Ja, ahnen denn die Frauen so wenig, was ein Mann ist?! Und wer sie wirklich lieb hat!

AGATHE   Oh, nur das nicht. Wir lassen uns ja von Euer Erlaucht alles einreden, aber das nicht, das ist zu viel!

HANS KARL *auf und ab*   Also nicht. Nicht helfen können! Nicht so viel! *Pause.*

AGATHE *schüchtern und an ihn herantretend*   Oder versuchen Sie's doch. Aber nicht durch mich: für eine solche Botschaft bin ich zu unge-

bildet. Da hätte ich nicht die richtigen Ausdrücke. Und auch nicht
brieflich. Das gibt nur Mißverständnisse. Aber Aug' in Aug': ja,
gewiß! Da werden Sie schon was ausrichten! Was sollen Sie bei
meiner Frau Gräfin nicht ausrichten! Nicht vielleicht beim erstenmal.
Aber wiederholt – wenn Sie ihr recht eindringlich ins Gewissen
reden – wie sollte sie Ihnen denn da widerstehen können?
Das Telephon läutet wieder.

HANS KARL *geht ans Telephon und spricht hinein* Ja, ich bin es selbst.
Hier. Ja, ich bin am Apparat. Ich bleibe. Graf Bühl. Ja, selbst.

AGATHE   Ich küss' die Hand. *Geht schnell ab, durch die Mitteltür.*

HANS KARL *am Telephon* Hechingen, guten Abend! Ja, ich hab's mir
überlegt. Ich habe zugesagt. Ich werde Gelegenheit nehmen.
Gewiß. Ja, das hat mich bewogen, hinzugehen. Gerade auf einer
Soiree, da ich nicht Bridge spiele und deine Frau, wie ich glaube,
auch nicht. Kein Anlaß. Auch dazu ist kein Anlaß. Zu deinem
Pessimismus. Zu deinem Pessimismus! Du verstehst nicht? Zu
deiner Traurigkeit ist kein Anlaß. Absolut bekämpfen! Allein?
Also die berühmte Flasche ·Champagner. Ich bringe bestimmt das
Resultat vor Mitternacht. Übertriebene Hoffnungen natürlich
auch nicht. Du weißt, daß ich das Mögliche versuchen werde. Es
entspricht doch auch meiner Empfindung. Es entspricht meiner
Empfindung! Wie? Gestört? Ich habe gesagt: Es entspricht meiner
Empfindung. Empfindung! Eine ganz gleichgültige Phrase!
Keine Frage, eine Phrase! Ich habe eine gleichgültige Phrase
gesagt! Welche? Es entspricht meiner Empfindung. Nein, ich
nenne es nur eine gleichgültige Phrase, weil du es so lange nicht
verstanden hast. Ja. Ja. Ja! Adieu. Schluß! *Läutet.* Es gibt Menschen,
mit denen sich alles kompliziert, und dabei ist das so ein
exzellenter Kerl!

SECHZEHNTE SZENE

STANI *aufs neue in der Mitteltür* Ist es sehr unbescheiden, Onkel Kari?

HANS KARL   Aber bitte, ich bin zur Verfügung.

STANI *vorne bei ihm* Ich muß dir melden, Onkel Kari, daß ich inzwischen eine Konversation mit der Mamu gehabt habe und zu einem Resultat gekommen bin.

Hans Karl sieht ihn an.

STANI   Ich werde mich mit der Helen Altenwyl verloben.

HANS KARL Du wirst dich …

STANI Ja, ich bin entschlossen, die Helen zu heiraten. Nicht heute und nicht morgen, aber in der allernächsten Zeit. Ich habe alles durchgedacht. Auf der Stiege von hier bis in den zweiten Stock hinauf. Wie ich zur Mamu in den zweiten Stock gekommen bin, war alles fix und fertig. Weißt du, die Idee ist mir plötzlich gekommen, wie ich bemerkt hab', du interessierst dich nicht für die Helen.

HANS KARL Aha.

STANI Begreifst du? Es war so eine Idee von der Mamu. Sie behauptet, man weiß nie, woran man mit dir ist – am Ende hättest du doch daran gedacht, die Helen zu nehmen – und du bist doch für die Mamu immer der Familienchef, ihr Herz ist halt ganz Bühlisch.

HANS KARL *halb abgewandt* Die gute Crescence!

STANI Aber ich hab' immer widersprochen. Ich verstehe ja jede Nuance von dir. Ich hab' von jeher gefühlt, daß von einem Interesse für die Helen bei dir nicht die Idee sein kann.

HANS KARL *dreht sich plötzlich zu ihm um* Und deine Mutter?

STANI Die Mamu?

HANS KARL Ja, wie hat sie es aufgefaßt?

STANI Feuer und Flamme natürlich. Sie hat ein ganz rotes Gesicht bekommen vor Freude. Wundert dich das, Onkel Kari?

HANS KARL Nur ein bißl, nur eine Idee – ich hab' immer den Eindruck gehabt, daß deine Mutter einen bestimmten Gedanken hat in bezug auf die Helen.

STANI Eine Aversion?

HANS KARL Gar nicht. Nur eine Ansicht. Eine Vermutung.

STANI Früher, die früheren Jahre?

HANS KARL Nein, vor einer halben Stunde.

STANI In welcher Richtung? Aber die Mamu ist ja so eine Windfahn'! Das vergißt sie ja im Moment. Vor einem Entschluß von mir, da ist sie sofort auf den Knien. Da spürt sie den Mann. Sie adoriert das fait accompli.

HANS KARL Also, du hast dich entschlossen? –

STANI Ja, ich bin entschlossen.

HANS KARL So auf eins, zwei!

STANI Das ist doch genau das, worauf es ankommt. Das imponiert ja den Frauen so enorm an mir. Dadurch eben behalte ich immer die Führung in der Hand.

Hans Karl raucht.

STANI Siehst du, du hast vielleicht früher auch einmal daran gedacht, die Helen zu heiraten …

HANS KARL Gott, vor Jahren vielleicht. In irgendeinem Moment, wie man an tausend Sachen denkt.

STANI Begreifst du? Ich hab' nie daran gedacht! Aber im Augenblick, wo ich es denke, bring' ich es auch zu Ende. – Du bist verstimmt?

HANS KARL Ich habe ganz unwillkürlich einen Moment an die Antoinette denken müssen.

STANI Aber jede Sache auf der Welt muß doch ihr Ende haben.

HANS KARL Natürlich. Und das beschäftigt dich gar nicht, ob die Helen frei ist? Sie scheint doch zum Beispiel diesem Neuhoff Hoffnungen gegeben zu haben.

STANI Das ist ja genau mein Kalkül. Über Hoffnungen, die sich der Herr v. Neuhoff macht, gehe ich einfach hinweg. Und daß für die Helen ein Theophil Neuhoff überhaupt in Frage kommen kann, das beweist doch gerade, daß eine ernste Okkupation bei ihr nicht vorhanden ist. Solche Komplikationen statuier ich nicht. Das sind Launen, oder sagen wir das Wort: Verirrungen.

HANS KARL Sie ist schwer zu kennen.

STANI Aber ich kenn' doch ihr Genre. In letzter Linie kann die sich für keinen Typ von Männern interessieren als für den unsrigen; alles andere ist eine Verirrung. Du bist so still, hast du dein Kopfweh?

HANS KARL Aber gar nicht. Ich bewundere deinen Mut.

STANI Du und Mut und bewundern?

HANS KARL Das ist eine andere Art von Mut als der im Graben.

STANI Ja, ich versteh' dich ja so gut, Onkel Kari. Du denkst an die Chancen, die ich sonst noch im Leben gehabt hätte. Du hast das Gefühl, daß ich mich vielleicht zu billig weggeb'. Aber siehst du, da bin ich wieder ganz anders: ich liebe das Vernünftige und Definitive. Du, Onkel Kari, bist au fond, verzeih', daß ich es heraussage, ein Idealist: deine Gedanken gehen auf das Absolute, auf das Vollkommene. Das ist ja sehr elegant gedacht, aber unrealisierbar. Au fond bist du da wie die Mamu; der ist nichts gut genug für mich. Ich habe die Sache durchgedacht, wie sie ist. Die Helen ist ein Jahr jünger wie ich.

HANS KARL Ein Jahr?

STANI Sie ist ausgezeichnet geboren.

HANS KARL Man kann nicht besser sein.

STANI Sie ist elegant.

HANS KARL Sehr elegant.

STANI Sie ist reich.

HANS KARL Und vor allem so hübsch.

STANI Sie hat Rasse.

HANS KARL Ohne Vergleich.

STANI Bitte, vor allem in den zwei Punkten, auf die in der Ehe alles ankommt. Primo: sie kann nicht lügen, secundo: sie hat die besten Manieren von der Welt.

HANS KARL Sie ist so delizios artig, wie sonst nur alte Frauen sind.

STANI Sie ist gescheit wie der Tag.

HANS KARL Wem sagst du das? Ich hab' ihre Konversation so gern.

STANI Und sie wird mich mit der Zeit adorieren.

HANS KARL *vor sich, unwillkürlich* Auch das ist möglich.

STANI Aber nicht möglich. Ganz bestimmt. Bei diesem Genre von Frauen bringt das die Ehe mit sich. In der Liaison hängt alles von Umständen ab, da sind Bizarrerien möglich, Täuschungen, Gott weiß was. In der Ehe beruht alles auf der Dauer; auf die Dauer nimmt jeder die Qualität des andern derart in sich auf, daß von einer wirklichen Differenz nicht mehr die Rede sein kann: unter der einen Voraussetzung, daß die Ehe aus dem richtigen Entschluß hervorgeht. Das ist der Sinn der Ehe.

SIEBZEHNTE SZENE

LUKAS *eintretend* Frau Gräfin Freudenberg.

CRESCENCE *an Lukas vorbei, tritt schnell ein* Also, was sagt Er mir zu dem Buben, Kari? Ich bin ja überglücklich. Gratulier' Er mir doch!

HANS KARL *ein wenig abwesend* Meine gute Crescence. Ich wünsch' den allergrößten Erfolg.

Stani empfiehlt sich stumm.

CRESCENCE Schick' Er mir das Auto retour.

STANI Bitte, zu verfügen. Ich gehe zu Fuß. *Geht.*

ACHTZEHNTE SZENE

CRESCENCE Der Erfolg wird sehr stark von dir abhängen.

HANS KARL Von mir? Ihm steht's doch auf der Stirne geschrieben, daß er erreicht, was er sich vornimmt.

CRESCENCE Für die Helen ist dein Urteil alles.

HANS KARL Wieso, Crescence, inwiefern?

CRESCENCE Für den Vater Altenwyl natürlich noch mehr. Der Stani ist eine sehr nette Partie, aber nicht epatant. Darüber mach' ich mir keine Illusionen. Aber wenn Er ihn appuiiert, Kari, ein Wort von Ihm hat gerade für die alten Leut' so viel Gewicht. Ich weiß gar nicht, woran das liegt.

HANS KARL Ich gehör' halt selbst schon bald zu ihnen.

CRESCENCE Kokettier' Er nicht mit Seinem Alter. Wir zwei sind nicht alt und nicht jung. Aber ich hasse schiefe Positionen. Ich möcht' schon lieber mit grauem Haar und einer Hornbrille dasitzen.

HANS KARL Darum legt Sie sich zeitig aufs Heiratstiften.

CRESCENCE Ich hab's immer für Ihn tun wollen, Kari, schon vor zwölf Jahren. Aber Er hat immer diesen stillen obstinaten Widerspruch in sich gehabt.

HANS KARL Meine gute Crescence!

CRESCENCE Hundertmal hab' ich Ihm gesagt: sag' Er mir, was Er erreichen will, und ich nehm's in die Hand.

HANS KARL Ja, das hat Sie mir oft gesagt, weiß Gott, Crescence.

CRESCENCE Aber man hat ja bei Ihm nicht gewußt, woran man ist! *Hans Karl nickt.*

CRESCENCE Und jetzt macht halt der Stani, was Er nicht hat machen wollen. Ich kann gar nicht erwarten, daß wieder kleine Kinder in Hohenbühl und in Göllersdorf herumlaufen.

HANS KARL Und in den Schloßteich fallen! Weiß Sie noch, wie sie mich halbtot herausgezogen haben? Weiß Sie – ich hab' manchmal die Idee, daß gar nichts Neues auf der Welt passiert.

CRESCENCE Wie meint Er das?

HANS KARL Daß alles schon längst irgendwo fertig dasteht und nur auf einmal erst sichtbar wird. Weißt du, wie im Hohenbühler Teich, wenn man im Herbst das Wasser abgelassen hat, auf einmal die Karpfen und die Schweife von den steinernen Tritonen da waren, die man früher kaum gesehen hat? Eine burleske Idee, was!

CRESCENCE Ist Er denn auf einmal schlecht aufgelegt, Kari?

HANS KARL *gibt sich einen Ruck* Im Gegenteil, Crescence. Ich danke euch so sehr, als ich nur kann, Ihr und dem Stani, für das gute Tempo, das ihr mir gebt mit eurer Frische und eurer Entschiedenheit. *Er küßt ihr die Hand.*

CRESCENCE Findet Er, daß Ihm das gut tut, uns in der Nähe zu haben?

HANS KARL Ich hab' jetzt einen sehr guten Abend vor mir. Zuerst eine ernste Konversation mit der Toinette ...

CRESCENCE Aber das brauchen wir ja jetzt gar nicht!

HANS KARL Ah, ich red' doch mit ihr, jetzt hab' ich es mir einmal vorgenommen, und dann soll ich also als Onkel vom Stani die gewissen seriosen Unterhaltungen anknüpfen.

CRESCENCE Das Wichtigste ist, daß du ihn bei der Helen ins richtige Licht stellst.

HANS KARL Da hab' ich also ein richtiges Programm. Sieht Sie, wie Sie mich reformiert? Aber weiß Sie, vorher – ich hab' eine Idee – vorher geh' ich für eine Stunde in den Zirkus, da haben sie jetzt einen Clown – eine Art von dummem August ...

CRESCENCE   Der Furlani, über den ist die Nanni ganz verrückt. Ich hab' gar keinen Sinn für diese Späße.

HANS KARL   Ich find' ihn delizios. Mich unterhält er viel mehr als die gescheiteste Konversation von Gott weiß wem. Ich freu' mich rasend. Ich gehe in den Zirkus, dann esse ich einen Bissen in einem Restaurant, und dann komm' ich sehr munter in die Soiree und absolvier mein Programm.

CRESCENCE   Ja, Er kommt und richtet dem Stani die Helen in die Hand, so was kann Er ja so gut. Er wäre doch ein so wunderbarer Botschafter geworden, wenn Er hätt' wollen in der Karriere bleiben.

HANS KARL   Dazu is es halt auch zu spät.

CRESCENCE   Also, amüsier Er sich gut und komm' Er bald nach.
Hans Karl begleitet sie bis an die Tür, Crescence geht.

NEUNZEHNTE SZENE

Hans Karl kommt nach vorn. Lukas ist mit ihm hereingetreten.

HANS KARL   Ich ziehe den Frack an. Ich werde gleich läuten.

LUKAS   Sehr wohl, Eure Erlaucht.
Hans Karl links ab.

ZWANZIGSTE SZENE

VINZENZ *tritt von rechts ein* Was machen Sie da?

LUKAS   Ich warte auf das Glockenzeichen vom Toilettezimmer, dann geh' ich hinein helfen.

VINZENZ   Ich werde mit hineingehen. Es ist ganz gut, wenn ich mich an ihn gewöhne.

LUKAS   Es ist nicht befohlen, also bleiben Sie draußen.

VINZENZ *nimmt sich eine Zigarre* Sie, das ist doch ganz ein einfacher, umgänglicher Mensch, die Verwandten machen ja mit ihm, was sie wollen. In einem Monat wickel ich ihn um den Finger.
Lukas schließt die Zigarren ein. Man hört eine Klingel. Lukas beeilt sich.

VINZENZ   Bleiben Sie nur noch. Er soll zweimal läuten. *Setzt sich in einen Fauteuil.*

Lukas ab in seinem Rücken.

VINZENZ *vor sich*   Liebesbriefe stellt er zurück, den Neffen verheiratet er, und er selber hat sich entschlossen, als ältlicher Junggeselle so dahinzuleben mit mir. Das ist genau, wie ich mir's vorgestellt habe. *Über die Schulter nach rückwärts, ohne sich umzudrehen* Sie, Herr Schätz, ich bin ganz zufrieden, da bleib' ich!

Der Vorhang fällt.

ZWEITER AKT

Bei Altenwyls. Kleiner Salon im Geschmack des XVIII. Jahrhunderts. Türen links, rechts und in der Mitte. Altenwyl mit Hans Karl eintretend von rechts. Crescence mit Helene und Neuhoff stehen links im Gespräch.

ERSTE SZENE

ALTENWYL Mein lieber Kari, ich rechne dir dein Kommen doppelt hoch an, weil du nicht Bridge spielst und also mit den bescheidenen Fragmenten von Unterhaltung vorlieb nehmen willst, die einem heutzutage in einem Salon noch geboten werden. Du findest bekanntlich bei mir immer nur die paar alten Gesichter, keine Künstler und sonstige Zelebritäten – die Edine Merenberg ist ja außerordentlich unzufrieden mit dieser altmodischen Hausführung, aber weder meine Helen noch ich goutieren das Genre von Geselligkeit, was der Edine ihr Höchstes ist: wo sie beim ersten Löffel Suppe ihren Tischnachbar interpelliert, ob er an die Seelenwanderung glaubt, oder ob er schon einmal mit einem Fakir Bruderschaft getrunken hat.

CRESCENCE Ich muß Sie dementieren, Graf Altenwyl, ich hab' drüben an meinem Bridgetisch ein ganz neues Gesicht, und wie die Mariette Stradonitz mir zugewispelt hat, ist es ein weltberühmter Gelehrter, von dem wir noch nie was gehört haben, weil wir halt alle Analphabeten sind.

ALTENWYL Der Professor Brücke ist in seinem Fach eine große Zelebrität und mir ein lieber politischer Kollege. Er genießt es außerordentlich, in einem Salon zu sein, wo er keinen Kollegen aus der gelehrten Welt findet, sozusagen als der einzige Vertreter des Geistes in einem rein sozialen Milieu, und da ihm mein Haus diese bescheidene Annehmlichkeit bieten kann –

CRESCENCE Ist er verheiratet?

ALTENWYL   Ich habe jedenfalls nie die Ehre gehabt, Madame Brücke zu Gesicht zu bekommen.

CRESCENCE   Ich find' die berühmten Männer odios, aber ihre Frau'n noch ärger. Darin bin ich mit dem Kari einer Meinung. Wir schwärmen für triviale Menschen und triviale Unterhaltungen, nicht Kari?

ALTENWYL   Ich hab' darüber meine altmodische Auffassung, die Helen kennt sie.

CRESCENCE   Der Kari soll sagen, daß er mir recht gibt. Ich find', neun Zehntel von dem, was unter der Marke von Geist geht, ist nichts als Geschwätz.

NEUHOFF *zu Helene*   Sind Sie auch so streng, Gräfin Helene?

HELENE   Wir haben alle Ursache, wir jüngeren Menschen, wenn uns vor etwas auf der Welt grausen muß, so davor: daß es etwas gibt wie Konversation; Worte, die alles Wirkliche verflachen und im Geschwätz beruhigen.

CRESCENCE   Sag, daß du mir recht gibst, Kari!

HANS KARL   Ich bitte um Nachsicht. Der Furlani ist keine Vorbereitung darauf, etwas Gescheites zu sagen.

ALTENWYL   In meinen Augen ist Konversation das, was jetzt kein Mensch mehr kennt: nicht selbst perorieren, wie ein Wasserfall, sondern dem andern das Stichwort bringen. Zu meiner Zeit hat man gesagt: wer zu mir kommt, mit dem muß ich die Konversation so führen, daß er, wenn er die Türschnallen in der Hand hat, sich gescheit vorkommt, dann wird er auf der Stiegen mich gescheit finden. – Heutzutag hat aber keiner, pardon für die Grobheit, den Verstand zum Konversationmachen und keiner den Verstand, seinen Mund zu halten – ah, erlaub', daß ich dich mit Baron Neuhoff bekannt mache, mein Vetter Graf Bühl.

NEUHOFF   Ich habe die Ehre, von Graf Bühl gekannt zu sein.

CRESCENCE *zu Altenwyl*   Alle diese gescheiten Sachen müßten Sie der Edine sagen – bei der geht der Kultus für die bedeutenden Menschen und die gedruckten Bücher ins Uferlose. Mir ist schon das Wort odios: bedeutende Menschen – es liegt so eine Präpotenz darin!

ALTENWYL   Die Edine ist eine sehr gescheite Frau, aber sie will immer zwei Fliegen auf einen Schlag erwischen: ihre Bildung vermehren und etwas für ihre Wohltätigkeitsgeschichten herausschlagen.

HELENE   Pardon, Papa, sie ist keine gescheite Frau, sie ist eine dumme Frau, die sich fürs Leben gern mit gescheiten Leuten umgeben möchte, aber dabei immer die falschen erwischt.

CRESCENCE   Ich wundere mich, daß sie bei ihrer rasenden Zerstreutheit nicht mehr Konfusionen anstellt.

ALTENWYL   Solche Wesen haben einen Schutzengel.

EDINE   *tritt dazu durch die Mitteltür*   Ich seh', ihr sprechts von mir, sprechts nur weiter, geniert euch nicht.

CRESCENCE   Na, Edine, hast du den berühmten Mann schon kennen gelernt?

EDINE   Ich bin wütend, Graf Altenwyl, daß Sie ihn ihr als Partner gegeben haben und nicht mir. *Setzt sich zu Crescence.* Ihr habts keine Idee, wie ich mich für ihn interessier'. Ich les' doch die Bücher von die Leut'. Von diesem Brückner hab' ich erst vor ein paar Wochen ein dickes Buch gelesen.

NEUHOFF   Er heißt Brücke. Er ist der zweite Präsident der Akademie der Wissenschaften.

EDINE   In Paris?

NEUHOFF   Nein, hier in Wien.

EDINE   Auf dem Buch ist gestanden: Brückner.

CRESCENCE   Vielleicht war das ein Druckfehler.

EDINE   Es hat geheißen: Über den Ursprung aller Religionen. Da ist eine Bildung drin, und eine Tiefe! Und so ein schöner Stil!

HELENE   Ich werd' ihn dir bringen, Tant' Edine.

NEUHOFF   Wenn Sie erlauben, werde ich ihn suchen und ihn herbringen, sobald er pausiert.

EDINE   Ja, tun Sie das, Baron Neuhoff. Sagen Sie ihm, daß ich seit Jahren nach ihm fahnde.

Neuhoff geht links ab.

CRESCENCE   Er wird sich nichts Besseres verlangen, mir scheint, er ist ein ziemlicher –

EDINE   Sagts nicht immer gleich »snob«, der Goethe ist auch vor jeder Fürstin und Gräfin – ich hätt' bald was g'sagt.

CRESCENCE Jetzt ist sie schon wieder beim Goethe, die Edine! *Sieht sich nach Hans Karl um, der mit Helene nach rechts getreten ist.*

HELENE *zu Hans Karl* Sie haben ihn so gern, den Furlani?

HANS KARL Für mich ist ein solcher Mensch eine wahre Rekreation.

HELENE Macht er so geschickte Tricks? *Sie setzt sich rechts, Hans Karl neben ihr.*
Crescence geht durch die Mitte weg, Altenwyl und Edine haben sich links gesetzt.

HANS KARL Er macht gar keine Tricks. Er ist doch der dumme August!

HELENE Also ein Wurstel?

HANS KARL Nein, das wäre ja outriert! Er outriert nie, er karikiert auch nie. Er spielt seine Rolle: er ist der, der alle begreifen, der allen helfen möchte und dabei alles in die größte Konfusion bringt. Er macht die dümmsten »lazzi«, die Galerie kugelt sich vor Lachen, und dabei behält er eine Elegance, eine Diskretion, man merkt, daß er sich selbst und alles, was auf der Welt ist, respektiert, er bringt alles durcheinander, wie Kraut und Rüben; wo er hingeht, geht alles drunter und drüber, und dabei möchte man rufen: »Er hat ja recht!«

EDINE *zu Altenwyl* Das Geistige gibt uns Frauen doch viel mehr Halt! Das geht der Antoinette zum Beispiel ganz ab. Ich sag' ihr immer: sie soll ihren Geist kultivieren, das bringt einen auf andere Gedanken.

ALTENWYL Zu meiner Zeit hat man einen ganz andern Maßstab an die Konversation angelegt. Man hat doch etwas auf eine schöne Replik gegeben; man hat sich ins Zeug gelegt, um brillant zu sein.

EDINE Ich sag': wenn ich Konversation mach', will ich doch woanders hingeführt werden. Ich will doch heraus aus der Banalität. Ich will doch wohintransportiert werden!

HANS KARL *zu Helene, in seiner Konversation fortfahrend* Sehen Sie, Helen, alle diese Sachen sind ja schwer: die Tricks von den Equilibristen und Jongleurs und alles – zu allem gehört ja ein fabelhaft angespannter Wille und direkt Geist. Ich glaub' mehr Geist, als zu den meisten Konversationen. –

HELENE Ah, das schon sicher.

HANS KARL   Absolut. Aber das, was der Furlani macht, ist noch um eine ganze Stufe höher, als was alle andern tun. Alle andern lassen sich von einer Absicht leiten und schauen nicht rechts und nicht links, ja, sie atmen kaum, bis sie ihre Absicht erreicht haben: darin besteht eben ihr Trick. Er aber tut scheinbar nichts mit Absicht – er geht immer nur auf die Absicht der andern ein. Er möchte alles mittun, was die andern tun, soviel guten Willen hat er, so fasziniert ist er von jedem einzelnen Stückl, was irgendeiner vormacht: wenn einer einen Blumentopf auf der Nase balanciert, so balanciert er ihn auch, sozusagen aus Höflichkeit.

HELENE   Aber er wirft ihn hinunter?

HANS KARL   Aber wie er ihn hinunterwirft, darin liegt's! Er wirft ihn hinunter aus purer Begeisterung und Seligkeit darüber, daß er ihn so schön balancieren kann! Er glaubt, wenn man's ganz schön machen tät, müßt's von selber gehen.

HELENE *vor sich*   Und das hält der Blumentopf gewöhnlich nicht aus und fällt hinunter.

ALTENWYL *zu Edine*   Dieser Geschäftston heutzutage! Und ich bitte, auch zwischen Männern und Frauen: dieses gewisse Zielbewußte in der Unterhaltung!

EDINE   Ja, das ist mir auch eine horreur! Man will doch ein bißl eine schöne Art, ein Versteckenspielen –

ALTENWYL   Die jungen Leut' wissen ja gar nicht mehr, daß die Sauce mehr wert ist als der Braten – da herrscht ja eine Direktheit!

EDINE   Weil die Leut' zu wenig gelesen haben! Weil sie ihren Geist zu wenig kultivieren! *Sie sind im Reden aufgestanden und entfernen sich nach links.*

HANS KARL *zu Helene*   Wenn man dem Furlani zuschaut, kommen einem die geschicktesten Clowns vulgär vor. Er ist förmlich schön vor lauter Nonchalance – aber natürlich gehört zu dieser Nonchalance genau das Doppelte wie zu den andern ihrer Anspannung.

HELENE   Ich begreif', daß Ihnen der Mensch sympathisch ist. Ich find' auch alles, wo man eine Absicht merkt, die dahintersteckt, ein bißl vulgär.

HANS KARL   Oho, heute bin ich selber mit Absichten geladen, und diese Absichten beziehen sich auf Sie, Gräfin Helene.

HELENE *mit einem Zusammenziehen der Augenbrauen*   Oh, Gräfin Helene! Sie sagen »Gräfin Helene« zu mir?

Huberta erscheint in der Mitteltür und streift Hans Karl und Helene mit einem kurzen, aber indiskreten Blick.

HANS KARL *ohne Huberta zu bemerken*   Nein, im Ernst, ich muß Sie um fünf Minuten Konversation bitten – dann später, irgendwann – wir spielen ja beide nicht.

HELENE *etwas unruhig, aber sehr beherrscht*   Sie machen mir Angst. Was können Sie mit mir zu reden haben? Das kann nichts Gutes sein.

HANS KARL   Wenn Sie's präokkupiert, dann um Gottes willen nicht! *Huberta ist verschwunden.*

HELENE *nach einer kleinen Pause*   Wann Sie wollen, aber später. Ich seh' die Huberta, die sich langweilt. Ich muß zu ihr gehen. *Steht auf.*

HANS KARL   Sie sind so deliziös artig. *Ist auch aufgestanden.*

HELENE   Sie müssen jetzt der Antoinette und den paar andern Frauen guten Abend sagen. *Sie geht von ihm fort, bleibt in der Mitteltür noch stehen.* Ich bin nicht artig: ich spür' nur, was in den Leuten vorgeht, und das belästigt mich – und da reagier' ich dagegen mit égards, die ich für die Leut' hab'. Meine Manieren sind nur eine Art von Nervosität, mir die Leut' vom Hals zu halten. *Sie geht. Hans Karl geht langsam ihr nach.*

ZWEITE SZENE

Neuhoff und der berühmte Mann sind gleichzeitig in der Tür links erschienen.

DER BERÜHMTE MANN *in der Mitte des Zimmers angelangt, durch die Tür rechts blickend*   Dort in der Gruppe am Kamin befindet sich jetzt die Dame, um deren Namen ich Sie fragen wollte.

NEUHOFF   Dort in Grau? Das ist die Fürstin Pergen.

DER BERÜHMTE MANN   Nein, die kenne ich seit langem. Die Dame in Schwarz.

NEUHOFF   Die spanische Botschafterin. Sind Sie ihr vorgestellt? Oder darf ich –

DER BERÜHMTE MANN Ich wünsche sehr, ihr vorgestellt zu werden. Aber wir wollen es vielleicht in folgender Weise einrichten –

NEUHOFF *mit kaum merklicher Ironie* Ganz wie Sie befehlen.

DER BERÜHMTE MANN Wenn Sie vielleicht die Güte haben, der Dame zuerst von mir zu sprechen, ihr, da sie eine Fremde ist, meine Bedeutung, meinen Rang in der wissenschaftlichen Welt und in der Gesellschaft klarzulegen – so würde ich mich dann sofort nachher durch den Grafen Altenwyl ihr vorstellen lassen.

NEUHOFF Aber mit dem größten Vergnügen.

DER BERÜHMTE MANN Es handelt sich für einen Gelehrten meines Ranges nicht darum, seine Bekanntschaften zu vermehren, sondern in der richtigen Weise gekannt und aufgenommen zu werden.

NEUHOFF Ohne jeden Zweifel. Hier kommt die Gräfin Merenberg, die sich besonders darauf gefreut hat, Sie kennen zu lernen. Darf ich –

EDINE *kommt* Ich freue mich enorm. Einen Mann dieses Ranges bitte ich nicht mir vorzustellen, Baron Neuhoff, sondern mich ihm zu präsentieren.

DER BERÜHMTE MANN *verneigt sich* Ich bin sehr glücklich, Frau Gräfin.

EDINE Es hieße Eulen nach Athen tragen, wenn ich Ihnen sagen wollte, daß ich zu den eifrigsten Leserinnen Ihrer berühmten Werke gehöre. Ich bin jedesmal hingerissen von dieser philosophischen Tiefe, dieser immensen Bildung und diesem schönen Prosastil.

DER BERÜHMTE MANN Ich staune, Frau Gräfin. Meine Arbeiten sind keine leichte Lektüre. Sie wenden sich wohl nicht ausschließlich an ein Publikum von Fachgelehrten, aber sie setzen Leser von nicht gewöhnlicher Verinnerlichung voraus.

EDINE Aber gar nicht! Jede Frau sollte so schöne tiefsinnige Bücher lesen, damit sie sich selbst in eine höhere Sphäre bringt: das sag' ich früh und spät der Toinette Hechingen.

DER BERÜHMTE MANN Dürfte ich fragen, welche meiner Arbeiten den Vorzug gehabt hat, Ihre Aufmerksamkeit zu erwecken?

EDINE Aber natürlich das wunderbare Werk »Über den Ursprung aller Religionen«. Das hat ja eine Tiefe, und eine erhebende Belehrung schöpft man da heraus –

DER BERÜHMTE MANN *eisig* Hm. Das ist allerdings ein Werk, von dem viel geredet wird.

EDINE   Aber noch lange nicht genug. Ich sag' gerade zur Toinette, das müßte jede von uns auf ihrem Nachtkastl liegen haben.

DER BERÜHMTE MANN   Besonders die Presse hat ja für dieses Opus eine zügellose Reklame zu inszenieren gewußt.

EDINE   Wie können Sie das sagen! Ein solches Werk ist ja doch das Grandioseste –

DER BERÜHMTE MANN   Es hat mich sehr interessiert, Frau Gräfin, Sie gleichfalls unter den Lobrednern dieses Produktes zu sehen. Mir selbst ist das Buch allerdings unbekannt, und ich dürfte mich auch schwerlich entschließen, den Leserkreis dieses Elaborates zu vermehren.

EDINE   Wie? Sie sind nicht der Verfasser?

DER BERÜHMTE MANN   Der Verfasser dieser journalistischen Kompilation ist mein Fakultätsgenosse Brückner. Es besteht allerdings eine fatale Namensähnlichkeit, aber diese ist auch die einzige.

EDINE   Das sollte auch nicht sein, daß zwei berühmte Philosophen so ähnliche Namen haben.

DER BERÜHMTE MANN   Das ist allerdings bedauerlich, besonders für mich. Herr Brückner ist übrigens nichts weniger als Philosoph. Er ist Philologe, ich würde sagen, Salonphilologe, oder noch besser: philologischer Feuilletonist.

EDINE   Es tut mir enorm leid, daß ich da eine Konfusion gemacht habe. Aber ich hab' sicher auch von Ihren berühmten Werken was zu Haus, Herr Professor. Ich les' ja alles, was einen ein bißl vorwärtsbringt. Jetzt hab' ich gerad' ein sehr interessantes Buch über den »Semipelagianismus« und eins über die »Seele des Radiums« zu Hause liegen. Wenn Sie mich einmal in der Heugasse besuchen –

DER BERÜHMTE MANN *kühl* Es wird mir eine Ehre sein, Frau Gräfin. Allerdings bin ich sehr in Anspruch genommen.

EDINE *wollte gehen, bleibt nochmals stehen* Aber das tut mir ewig leid, daß Sie nicht der Verfasser sind! Jetzt kann ich Ihnen auch meine Frage nicht vorlegen! Und ich wäre jede Wette eingegangen, daß Sie der Einzige sind, der sie so beantworten könnte, daß ich meine Beruhigung fände.

NEUHOFF Wollen Sie dem Herrn Professor nicht doch Ihre Frage vorlegen?

EDINE Sie sind ja gewiß ein Mann von noch profunderer Bildung als der andere Herr. *Zu Neuhoff* Soll ich wirklich? Es liegt mir ungeheuer viel an der Auskunft. Ich würde fürs Leben gern eine Beruhigung finden.

DER BERÜHMTE MANN Wollen sich Frau Gräfin nicht setzen?

EDINE *sich ängstlich umsehend, ob niemand hereintritt, dann schnell* Wie stellen Sie sich das Nirwana vor?

DER BERÜHMTE MANN Hm. Diese Frage aus dem Stegreif zu beantworten, dürfte allerdings Herr Brückner der richtige Mann sein. *Eine kleine Pause.*

EDINE Und jetzt muß ich auch zu meinem Bridge zurück. Auf Wiedersehen, Herr Professor. *Ab.*

DER BERÜHMTE MANN *sichtlich verstimmt* Hm. –

NEUHOFF Die arme gute Gräfin Edine! Sie dürfen ihr nichts übel nehmen.

DER BERÜHMTE MANN *kalt* Es ist nicht das erstemal, daß ich im Laienpublikum ähnlichen Verwechslungen begegne. Ich bin nicht weit davon, zu glauben, daß dieser Scharlatan Brückner mit Absicht auf dergleichen hinarbeitet. Sie können kaum ermessen, welche peinliche Erinnerung eine groteske und schiefe Situation, wie die, in der wir uns soeben befunden haben, in meinem Innern hinterläßt. Das erbärmliche Scheinwissen, von den Trompetenstößen einer bübischen Presse begleitet, auf den breiten Wellen der Popularität hinsegeln zu sehen – sich mit dem konfundiert zu sehen, wogegen man sich mit dem eisigen Schweigen der Nichtachtung unverbrüchlich gewappnet glaubte –

NEUHOFF Aber wem sagen Sie das alles, mein verehrter Professor! Bis in die kleine Nuance fühle ich Ihnen nach. Sich verkannt zu sehen in seinem Besten, früh und spät – das ist das Schicksal –

DER BERÜHMTE MANN In seinem Besten.

NEUHOFF Genau die Nuance verkannt zu sehen, auf die alles ankommt –

DER BERÜHMTE MANN Sein Lebenswerk mit einem journalistischen –

NEUHOFF Das ist das Schicksal –

DER BERÜHMTE MANN   Die in einer bübischen Presse –

NEUHOFF   – des ungewöhnlichen Menschen, sobald er sich der banalen Menschheit ausliefert, den Frauen, die im Grunde zwischen einer leeren Larve und einem Mann von Bedeutung nicht zu unterscheiden wissen!

DER BERÜHMTE MANN   Den verhaßten Spuren der Pöbelherrschaft bis in den Salon zu begegnen –

NEUHOFF   Erregen Sie sich nicht. Wie kann ein Mann Ihres Ranges – Nichts, was eine Edine Merenberg und tutti quanti vorbringen, reicht nur entfernt an Sie heran.

DER BERÜHMTE MANN   Das ist die Presse, dieser Hexenbrei aus allem und allem! Aber hier hätte ich mich davor sicher gehalten. Ich sehe, ich habe die Exklusivität dieser Kreise überschätzt, wenigstens was das geistige Leben anlangt.

NEUHOFF   Geist und diese Menschen! Das Leben – und diese Menschen! Alle diese Menschen, die Ihnen hier begegnen, existieren ja in Wirklichkeit gar nicht mehr. Das sind ja alles nur mehr Schatten. Niemand, der sich in diesen Salons bewegt, gehört zu der wirklichen Welt, in der die geistigen Krisen des Jahrhunderts sich entscheiden. Sehen Sie doch um sich: eine Erscheinung wie die Figur dort im nächsten Zimmer, vom Scheitel bis zur Sohle sich balancierend in der Selbstsicherheit der unbegrenzten Trivialität – von Frauen und Mädchen umlagert – Kari Bühl.

DER BERÜHMTE MANN   Ist das Graf Bühl?

NEUHOFF   Er selbst, der berühmte Kari.

DER BERÜHMTE MANN   Ich habe bis jetzt keine Gelegenheit gehabt, ihn kennen zu lernen. Sind Sie befreundet mit ihm?

NEUHOFF   Nicht allzusehr, aber hinlänglich, um ihn Ihnen in zwei Worten erschöpfend zu charakterisieren: absolutes, anmaßendes Nichts.

DER BERÜHMTE MANN   Er hat einen außerordentlichen Rang innerhalb der ersten Gesellschaft. Er gilt für eine Persönlichkeit.

NEUHOFF   Es ist nichts an ihm, das der Prüfung standhielte. Rein gesellschaftlich goutiere ich ihn halb aus Gewohnheit; aber Sie haben weniger als nichts verloren, wenn Sie ihn nicht kennen lernen.

DER BERÜHMTE MANN *sieht unverwandt hin* Ich würde mich sehr interessieren, seine Bekanntschaft zu machen. Glauben Sie, daß ich
mir etwas vergebe, wenn ich mich ihm nähere?

NEUHOFF Sie werden Ihre Zeit mit ihm verlieren, wie mit allen
diesen Menschen hier.

DER BERÜHMTE MANN Ich würde großes Gewicht darauf legen, mit
Graf Bühl in einer wirkungsvollen Weise bekannt gemacht zu
werden, etwa durch einen seiner vertrauten Freunde.

NEUHOFF Zu diesen wünsche ich nicht gezählt zu werden, aber ich
werde Ihnen das besorgen.

DER BERÜHMTE MANN Sie sind sehr liebenswürdig. Oder meinen
Sie, daß ich mir nichts vergeben würde, wenn ich mich ihm spon-
tan nähern würde?

NEUHOFF Sie erweisen dem guten Kari in jedem Fall zuviel Ehre,
wenn Sie ihn so ernst nehmen.

DER BERÜHMTE MANN Ich verhehle nicht, daß ich großes Gewicht
darauf lege, das feine und unbestechliche Votum der großen Welt
den Huldigungen beizufügen, die meinem Wissen im breiten
internationalen Laienpublikum zuteil geworden sind, und in
denen ich die Abendröte einer nicht alltäglichen Gelehrtenlauf-
bahn erblicken darf. *Sie gehen ab.*

DRITTE SZENE

*Antoinette mit Edine, Nanni und Huberta sind indessen in der Mitteltür
erschienen und kommen nach vorne.*

ANTOINETTE So sagts mir doch was, so gebts mir doch einen Rat,
wenn ihr sehts, daß ich so aufgeregt bin. Da mach' ich doch die
irreparablen Dummheiten, wenn man mir nicht beisteht.

EDINE Ich bin dafür, daß wir sie lassen. Sie muß wie zufällig ihm
begegnen. Wenn wir sie alle konvoiieren, so verscheuchen wir ihn
ja geradezu.

HUBERTA Er geniert sich nicht. Wenn er mit ihr allein reden wollt',
da wären wir Luft für ihn.

ANTOINETTE So setzen wir uns daher. Bleibts alle bei mir, aber nicht auffällig. *Sie haben sich gesetzt.*

NANNI Wir plauschen hier ganz unbefangen: vor allem darf's nicht ausschauen, als ob du ihm nachlaufen tätest.

ANTOINETTE Wenn man nur das Raffinement von der Helen hätt', die lauft ihm nach auf Schritt und Tritt, und dabei schaut's aus, als ob sie ihm aus dem Weg ging.

EDINE Ich wär' dafür, daß wir sie lassen, und daß sie ganz, wie wenn nichts wär', auf ihn zuging.

HUBERTA In dem Zustand, wie sie ist, kann sie doch nicht auf ihn zugehen, wie wenn nichts wär'.

ANTOINETTE *dem Weinen nah* Sagts mir doch nicht, daß ich in einem Zustand bin! Lenkts mich doch ab von mir! Sonst verlier ich ja meine ganze Contenance. Wenn ich nur wen zum Flirten da hätt'!

NANNI *will aufstehen* Ich hol' ihr den Stani her.

ANTOINETTE Der Stani tät mir nicht so viel nützen. Sobald ich weiß, daß der Kari wo in einer Wohnung ist, existieren die andern nicht mehr für mich.

HUBERTA Der Feri Uhlfeldt tät vielleicht doch noch existieren.

ANTOINETTE Wenn die Helen in meiner Situation wär', die wüßt' sich zu helfen. Sie macht sich mit der größten Unverfrorenheit einen Paravent aus dem Theophil, und dahinter operiert sie.

HUBERTA Aber sie schaut ja den Theophil gar nicht an, sie is' ja die ganze Zeit hinterm Kari her.

ANTOINETTE Sag' mir das noch, damit mir die Farb' ganz aus'm G'sicht geht. *Steht auf.* Red't er denn mit ihr?

HUBERTA Natürlich red't er mit ihr.

ANTOINETTE Immerfort?

HUBERTA Sooft ich hing'schaut hab'.

ANTOINETTE Oh mein Gott, wenn du mir lauter unangenehme Sachen sagst, so werd' ich ja so häßlich werden! *Sie setzt sich wieder.*

NANNI *will aufstehen* Wenn dir deine drei Freundinnen zuviel sind, so lass' uns fort, ich spiel' ja auch sehr gern.

ANTOINETTE So bleibts doch hier, so gebt's mir doch einen Rat, so sagts mir doch, was ich tun soll.

HUBERTA Wenn sie ihm vor einer Stunde die Jungfer ins Haus geschickt hat, so kann sie jetzt nicht die Hochmütige spielen.

NANNI   Umgekehrt sag' ich. Sie muß tun, als ob er ihr egal wär'. Das weiß ich vom Kartenspielen: wenn man die Karten leichtsinnig in die Hand nimmt, dann kommt's Glück. Man muß sich immer die innere Überlegenheit menagieren.

ANTOINETTE   Mir is' grad zumut, wie wenn ich die Überlegene wär'!

HUBERTA   Du behandelst ihn aber ganz falsch, wenn du dich so aus der Hand gibst.

EDINE   Wenn sie sich nur eine Direktive geben ließ! Ich kenn' doch den Männern ihren Charakter.

HUBERTA   Weißt, Edine, die Männer haben recht verschiedene Charaktere.

ANTOINETTE   Das Gescheit'ste wär', ich fahr' nach Haus.

NANNI   Wer wird denn die Karten wegschmeißen, solang' er noch eine Chance in der Hand hat.

EDINE   Wenn sie sich nur ein vernünftiges Wort sagen ließe. Ich hab' ja einen solchen Instinkt für solche psychologische Sachen. Es wär' ja absolut zu machen, daß die Ehe annulliert wird, sie ist eben unter einem moralischen Zwang gestanden die ganzen Jahre, und dann, wenn sie annulliert ist, so heirat' sie ja der Kari, wenn die Sache halbwegs richtig eingefädelt wird.

HUBERTA *die nach rechts gesehen hat*   Pst!

ANTOINETTE *fährt auf*   Kommt er? Mein Gott, wie mir die Knie zittern.

HUBERTA   Die Crescence kommt. Nimm dich zusammen.

ANTOINETTE *vor sich*   Lieber Gott, ich kann sie nicht ausstehen, sie mich auch nicht, aber ich will jede Bassesse machen, weil sie ja seine Schwester is'.

VIERTE SZENE

CRESCENCE *kommt von rechts*   Grüß euch Gott, was machts ihr denn? Die Toinette schaut ja ganz zerbeutelt aus. Sprechts ihr denn nicht? So viele junge Frauen! Da hätt' der Stani halt nicht in den Klub gehen dürfen, wie?

ANTOINETTE *mühsam*   Wir unterhalten uns vorläufig ohne Herren sehr gut.

CRESCENCE *ohne sich zu setzen*   Was sagts ihr, wie famos die Helen heut ausschaut? Die wird doch als junge Frau eine Allure haben, daß überhaupt niemand gegen sie aufkommt!

HUBERTA   Is' die Helen auf einmal so in der Gnad' bei dir?

CRESCENCE   Ihr seids auch sehr herzig. Die Antoinette soll sich ein bißl schonen. Sie schaut ja aus, als ob sie drei Nächt' nicht g'schlafen hätt'. *Im Gehen* Ich muß dem Poldo Altenwyl sagen, wie brillant ich die Helen heut find'. *Ab.*

FÜNFTE SZENE

ANTOINETTE   Herr Gott, jetzt hab' ich's ja schriftlich, daß der Kari die Helen heiraten will.

EDINE   Wieso denn?

ANTOINETTE   Spürts ihr denn nicht, wie sie für die zukünftige Schwägerin ins Zeug geht?

NANNI   Aber geh', bring' dich nicht um nichts und wieder nichts hinein in die Verzweiflung. Er wird gleich bei der Tür hereinkommen.

ANTOINETTE   Wenn er in so einem Moment hereinkommt, bin ich ja ganz – *bringt ihr kleines Tuch vor die Augen* – verloren. –

HUBERTA   So gehen wir. Inzwischen beruhigt sie sich.

ANTOINETTE   Nein, gehts ihr zwei und schaut's, ob er wieder mit der Helen red't und störts ihn dabei. Ihr habt's mich ja oft genug gestört, wenn ich so gern mit ihm allein gewesen wär'. Und die Edine bleibt bei mir.

Alle sind aufgestanden, Huberta und Nanni gehen ab.

SECHSTE SZENE

Antoinette und Edine setzen sich links rückwärts.

EDINE Mein liebes Kind, du hast diese ganze Geschichte mit dem Kari vom ersten Moment falsch angepackt.

ANTOINETTE Woher weißt denn du das?

EDINE Das weiß ich von der Mademoiselle Feydeau, die hat mir haarklein alles erzählt, wie du die ganze Situation in der Grünleiten schon verfahren hast.

ANTOINETTE Diese mißgünstige Tratschen, was weiß denn die!

EDINE Aber sie kann doch nichts dafür, wenn sie dich hat mit die nackten Füß' über die Stiegen 'runterlaufen gehört und gesehen mit offene Haar im Mondschein mit ihm spazieren gehen. – Du hast eben die ganze G'schicht' von Anfang an viel zu terre à terre angepackt. Die Männer sind ja natürlich sehr terre à terre, aber deswegen muß eben von unserer Seiten etwas Höheres hineingebracht werden. Ein Mann wie der Kari Bühl aber ist sein Leben lang keiner Person begegnet, die ein bißl einen Idealismus in ihn hineingebracht hätte. Und darum ist er selbst nicht imstand', in eine Liebschaft was Höheres hineinzubringen, und so geht das vice versa. Wenn du mich in der ersten Zeit ein bißl um Rat gefragt hättest, wenn du dir hättest ein paar Direktiven geben lassen, ein paar Bücher empfehlen lassen – so wärst du heut seine Frau!

ANTOINETTE Geh, ich bitt' dich, Edine, agacier' mich nicht.

SIEBENTE SZENE

HUBERTA *erscheint in der Tür* Also: der Kari kommt. Er sucht dich.

ANTOINETTE Jesus Maria! *Sie sind alle aufgestanden.*

NANNI *die rechts hinausgeschaut hat* Da kommt die Helen aus dem andern Salon.

ANTOINETTE Mein Gott, gerade in dem Moment, auf den alles ankommt, muß sie daherkommen und mir alles verderben. So

tuts doch was dagegen. So gehts ihr doch entgegen. So halts sie
doch weg, vom Zimmer da!

HUBERTA   Bewahr' doch ein bißl deine Contenance.

NANNI   Wir gehen einfach unauffällig dort hinüber.

ACHTE SZENE

HELENE *tritt ein von rechts*   Ihr schauts ja aus, als ob ihr gerade von
mir gesprochen hättets. *Stille* Unterhalts ihr euch? Soll ich euch
Herren hereinschicken?

ANTOINETTE *auf sie zu, fast ohne Selbstkontrolle*   Wir unterhalten uns
famos, und du bist ein Engel, mein Schatz, daß du dich um uns
umschaust. Ich hab' dir noch gar nicht guten Abend gesagt. Du
schaust schöner aus als je. *Küßt sie* Aber lass' uns nur und geh wieder.

HELENE   Stör' ich euch? So geh' ich halt wieder. *Geht.*

NEUNTE SZENE

ANTOINETTE *streicht sich über die Wange, als wollte sie den Kuß abstreifen*
Was mach' ich denn? Was lass' ich mich denn von ihr küssen?
Von dieser Viper, dieser falschen!

HUBERTA   So nimm dich ein bißl zusammen.

ZEHNTE SZENE

Hans Karl ist von rechts eingetreten.

ANTOINETTE *nach einem kurzen Stummsein, Sichducken, rasch auf ihn zu,
ganz dicht an ihn*   Ich hab' die Briefe genommen und verbrannt.
Ich bin keine sentimentale Gans, als die mich meine Agathe hin-
stellt, daß ich mich über alte Briefe totweinen könnt'. Ich hab'
einmal nur das, was ich im Moment hab', und was ich nicht hab',
will ich vergessen. Ich leb' nicht in der Vergangenheit, dazu bin
nich nicht alt genug.

HANS KARL Wollen wir uns nicht setzen? *Führt sie zu den Fauteuils.*

ANTOINETTE Ich bin halt nicht schlau. Wenn man nicht raffiniert ist, dann hat man nicht die Kraft, einen Menschen zu halten, wie Sie einer sind. Denn Sie sind ein Genre mit Ihrem Vetter Stani. Das möchte ich Ihnen sagen, damit Sie es wissen. Ich kenn' euch. Monstros selbstsüchtig und grenzenlos unzart. *Nach einer kleinen Pause* So sagen Sie doch was!

HANS KARL Wenn Sie erlauben würden, so möchte ich versuchen, Sie an damals zu erinnern –

ANTOINETTE Ah, ich lass' mich nicht malträtieren. – Auch nicht von jemandem, der mir früher einmal nicht gleichgültig war.

HANS KARL Sie waren damals, ich meine vor zwei Jahren, Ihrem Mann momentan entfremdet. Sie waren in der großen Gefahr, in die Hände von einem Unwürdigen zu fallen. Da ist jemand gekommen – der war – zufällig ich. Ich wollte Sie – beruhigen – das war mein einziger Gedanke – Sie der Gefahr entziehen – von der ich Sie bedroht gewußt – oder gespürt hab'. Das war eine Verkettung von Zufällen – eine Ungeschicklichkeit – ich weiß nicht, wie ich es nennen soll –

ANTOINETTE Diese paar Tage damals in der Grünleiten sind das einzige wirklich Schöne in meinem ganzen Leben. Die lass' ich nicht – die Erinnerung daran lass' ich mir nicht heruntersetzen. *Steht auf.*

HANS KARL *leise* Aber ich hab' ja alles so lieb. Es war ja so schön.

Antoinette setzt sich mit einem ängstlichen Blick auf ihn.

HANS KARL Es war ja so schön!

ANTOINETTE »Das war zufällig ich.« Damit wollen Sie mich insultieren. Sie sind draußen zynisch geworden. Ein zynischer Mensch, das ist das richtige Wort. Sie haben die Nuance verloren für das Mögliche und das Unmögliche. Wie haben Sie gesagt? Es war eine »Ungeschicklichkeit« von Ihnen? Sie insultieren mich ja in einem fort.

HANS KARL Es ist draußen viel für mich anders geworden. Aber zynisch bin ich nicht geworden. Das Gegenteil, Antoinette. Wenn ich an unsern Anfang denke, so ist mir das etwas so Zartes, so Mysterioses, ich getraue mich kaum, es vor mir selbst zu denken.

Ich möchte mich fragen: Wie komm' ich denn dazu? Hab' ich
denn dürfen? Aber *sehr leise* ich bereu' nichts.

ANTOINETTE *senkt die Augen* Aller Anfang ist schön.

HANS KARL In jedem Anfang liegt die Ewigkeit.

ANTOINETTE *ohne ihn anzusehen* Sie halten au fond alles für möglich
und alles für erlaubt. Sie wollen nicht sehen, wie hilflos ein Wesen
ist, über das Sie hinweggehen – wie preisgegeben, denn das würde
vielleicht Ihr Gewissen aufwecken.

HANS KARL Ich habe keins.

Antoinette sieht ihn an.

HANS KARL Nicht in bezug auf uns.

ANTOINETTE Jetzt war ich das und das von Ihnen – und weiß in
diesem Augenblick so wenig, woran ich mit Ihnen bin, als wenn
nie was zwischen uns gewesen wär'. Sie sind ja fürchterlich.

HANS KARL Nichts ist bös. Der Augenblick ist nicht bös, nur das
Festhalten-wollen ist unerlaubt. Nur das Sich-festkrampeln an
das, was sich nicht halten laßt –

ANTOINETTE Ja, wir leben halt nicht nur wie die gewissen Fliegen
vom Morgen bis zur Nacht. Wir sind halt am nächsten Tag auch
noch da. Das paßt euch halt schlecht, solchen wie du einer bist.

HANS KARL Alles was geschieht, das macht der Zufall. Es ist nicht
zum Ausdenken, wie zufällig wir alle sind, und wie uns der Zufall
zueinander jagt und auseinander jagt, und wie jeder mit jedem
hausen könnte, wenn der Zufall es wollte.

ANTOINETTE Ich will nicht –

HANS KARL *spricht weiter, ohne ihren Widerstand zu respektieren* Darin ist
aber so ein Grausen, daß der Mensch etwas hat finden müssen,
um sich aus diesem Sumpf herauszuziehen, bei seinem eigenen
Schopf. Und so hat er das Institut gefunden, das aus dem Zufälli-
gen und Unreinen das Notwendige, das Bleibende und das Gül-
tige macht: die Ehe.

ANTOINETTE Ich spür', du willst mich verkuppeln mit meinem
Mann. Es war nicht ein Augenblick, seitdem du hiersitz'st, wo ich
mich hätte foppen lassen und es nicht gespürt hätte. Du nimmst
dir wirklich alles heraus, du meinst schon, daß du alles darfst,
zuerst verführen, dann noch beleidigen.

HANS KARL   Ich bin kein Verführer, Toinette, ich bin kein Frauen-
jäger.

ANTOINETTE   Ja, das ist dein Kunststückl, damit hast du mich her-
umgekriegt, daß du kein Verführer bist, kein Mann für Frauen,
daß du nur ein Freund bist, aber ein wirklicher Freund. Damit
kokettierst du, so wie du mit allem kokettierst, was du hast, und
mit allem, was dir fehlt. Man müßte, wenn's nach dir ging', nicht
nur verliebt in dich sein, sondern dich noch liebhaben über die
Vernunft hinaus, und um deiner selbst willen, und nicht einmal
nur als Mann – sondern – ich weiß ja gar nicht, wie ich sagen
soll, oh mein Gott, warum muß ein und derselbe Mensch so
scharmant sein und zugleich so monstros eitel und selbstsüchtig
und herzlos!

HANS KARL   Weiß Sie, Toinette, was Herz ist, weiß Sie das? Daß ein
Mann Herz für eine Frau hat, das kann er nur durch Eins zeigen,
nur durch ein Einziges auf der Welt: durch die Dauer, durch die
Beständigkeit. Nur dadurch: das ist die Probe, die einzige.

ANTOINETTE   Lass' mich mit dem Ado – ich kann mit dem Ado
nicht leben –

HANS KARL   Der hat dich lieb. Einmal und für alle Male. Der hat
dich gewählt unter allen Frauen auf der Welt, und er hat dich
liebbehalten und wird dich liebhaben für immer, weißt du, was
das heißt? Für immer, gescheh' dir, was da will. Einen Freund
haben, der dein ganzes Wesen lieb hat, für den du immer ganz
schön bist, nicht nur heut und morgen, auch später, viel später,
für dem seine Augen der Schleier, den die Jahre oder was kommen kann, über dein Gesicht werfen – für seine Augen ist das
nicht da, du bist immer, die du bist, die Schönste, die Liebste, die
Eine, die Einzige.

ANTOINETTE   So hat er mich nicht gewählt. Geheiratet hat er mich
halt. Von dem andern weiß ich nichts.

HANS KARL   Aber er weiß davon.

ANTOINETTE   Das, was Sie da reden, das gibt's alles nicht. Das redet
er sich ein – das redet er Ihnen ein – Ihr seids einer wie der
andere, Ihr Männer, Sie und der Ado und der Stani, ihr seids alle
aus einem Holz geschnitzt und darum verstehts ihr euch so gut
und könnts euch so gut in die Hände spielen.

HANS KARL   Das red't er mir nicht ein, das weiß ich, Toinette. Das ist eine heilige Wahrheit, die weiß ich – ich muß sie immer schon gewußt haben, aber draußen ist sie erst ganz deutlich für mich geworden: es gibt einen Zufall, der macht scheinbar alles mit uns, wie er will – aber mitten in dem Hierhin- und Dorthingeworfen-werden und der Stumpfheit und Todesangst, da spüren wir und wissen es auch, es gibt halt auch eine Notwendigkeit, die wählt uns von Augenblick zu Augenblick, die geht ganz leise, ganz dicht am Herzen vorbei und doch so schneidend scharf wie ein Schwert. Ohne die wäre da draußen kein Leben mehr gewesen, sondern nur ein tierisches Dahintaumeln. Und die gleiche Not-wendigkeit gibt's halt auch zwischen Männern und Frauen – wo die ist, da ist ein Zueinandermüssen und Verzeihung und Versöh-nung und Beieinanderbleiben. Und da dürfen Kinder sein, und da ist eine Ehe und ein Heiligtum, trotz allem und allem –

ANTOINETTE *steht auf*   Alles, was du red'st, das heißt ja gar nichts anderes, als daß du heiraten willst, daß du demnächst die Helen heiraten wirst.

HANS KARL *bleibt sitzen, hält sie*   Aber ich denk' doch nicht an die Helen! Ich red' doch von dir. Ich schwör' dir, daß ich von dir red'.

ANTOINETTE   Aber dein ganzes Denken dreht sich um die Helen.

HANS KARL   Ich schwöre dir: ich hab' einen Auftrag an die Helen. Ganz einen andern, als du dir denkst. Ich sag' ihr noch heute –

ANTOINETTE   Was sagst du ihr noch heute – ein Geheimnis?

HANS KARL   Keines, das mich betrifft.

ANTOINETTE   Aber etwas, das dich mit ihr verbindet?

HANS KARL   Aber das Gegenteil!

ANTOINETTE   Das Gegenteil? Ein Adieu – du sagst ihr, was ein Adieu ist zwischen dir und ihr?

HANS KARL   Zu einem Adieu ist kein Anlaß, denn es war ja nie etwas zwischen mir und ihr. Aber wenn's Ihr Freud' macht, Toinette, so kommt's beinah' auf ein Adieu hinaus.

ANTOINETTE   Ein Adieu fürs Leben?

HANS KARL   Ja, fürs Leben, Toinette.

ANTOINETTE *sieht ihn ganz an*   Fürs Leben? *Nachdenklich* Ja, sie ist so eine Heimliche und tut nichts zweimal und red't nichts zweimal.

Sie nimmt nichts zurück – sie hat sich in der Hand: ein Wort
muß für sie entscheidend sein. Wenn du ihr sagst: adieu – dann
wird's für sie sein adieu und auf immer. Für sie wohl. *Nach einer*
kleinen Pause Ich lass' mir von dir den Ado nicht einreden. Ich
mag seine Händ' nicht. Sein Gesicht nicht. Seine Ohren nicht.
Sehr leise Deine Hände hab' ich lieb. – Was bist denn du? Ja, wer
bist denn du? Du bist ein Zyniker, ein Egoist, ein Teufel bist du!
Mich sitzen lassen ist dir zu gewöhnlich. Mich behalten, dazu bist
du zu herzlos. Mich hergeben, dazu bist du zu raffiniert. So willst
du mich zugleich loswerden und doch in deiner Macht haben,
und dazu ist dir der Ado der Richtige. – Geh hin und heirat' die
Helen. Heirat', wen du willst! Ich hab' mit deiner Verliebtheit
vielleicht was anzufangen, mit deinen guten Ratschlägen aber gar
nix. *Will gehen.*
Hans Karl tut einen Schritt auf sie zu.

ANTOINETTE   Lass' Er mich gehen. *Sie geht ein paar Schritte, dann halb*
zu ihm gewendet Was soll denn jetzt aus mir werden? Red' Er mir
nur den Feri Uhlfeldt aus, der hat so viel Kraft, wenn er was will.
Ich hab' gesagt, ich mag ihn nicht, er hat gesagt, ich kann nicht
wissen, wie er als Freund ist, weil ich ihn noch nicht als Freund
gehabt hab'. Solche Reden verwirren einen so. *Halb unter Tränen,*
zart Jetzt wird Er an allem schuld sein, was mir passiert.

HANS KARL   Sie braucht eins in der Welt: einen Freund. Einen guten
Freund. *Er küßt ihr die Hände* Sei Sie gut mit dem Ado.

ANTOINETTE   Mit dem kann ich nicht gut sein.

HANS KARL   Sie kann mit jedem.

ANTOINETTE *sanft*   Kari, insultier' Er mich doch nicht.

HANS KARL   Versteh' Sie doch, wie ich's meine.

ANTOINETTE   Ich versteh' Ihn ja sonst immer so gut.

HANS KARL   Könnt' Sie's nicht versuchen?

ANTOINETTE   Ihm zulieb' könnt' ich's versuchen. Aber Er müßt'
dabei sein und mir helfen.

HANS KARL   Jetzt hat Sie mir ein halbes Versprechen gegeben.

ELFTE SZENE

Der berühmte Mann ist von rechts eingetreten, sucht sich Hans Karl zu nähern, die beiden bemerken ihn nicht.

ANTOINETTE Er hat mir was versprochen.

HANS KARL Für die erste Zeit.

ANTOINETTE *dicht bei ihm* Mich liebhaben!

DER BERÜHMTE MANN Pardon, ich störe wohl. *Schnell ab.*

HANS KARL *dicht bei ihr* Das tu' ich ja.

ANTOINETTE Sag Er mir sehr was Liebes: nur für den Moment. Der Moment ist ja alles. Ich kann nur im Moment leben. Ich hab' so ein schlechtes Gedächtnis.

HANS KARL Ich bin nicht verliebt in Sie, aber ich hab' Sie lieb.

ANTOINETTE Und das, was Er der Helen sagen wird, ist ein Adieu?

HANS KARL Ein Adieu.

ANTOINETTE So verhandelt Er mich, so verkauft Er mich!

HANS KARL Aber Sie war mir doch noch nie so nahe.

ANTOINETTE Er wird oft zu mir kommen, mir zureden? Er kann mir ja alles einreden.

Hans Karl küßt sie auf die Stirn, fast ohne es zu wissen.

ANTOINETTE Dank schön. *Läuft weg durch die Mitte.*

HANS KARL *steht verwirrt, sammelt sich* Arme, kleine Antoinette.

ZWÖLFTE SZENE

CRESCENCE *kommt durch die Mitte, sehr rasch* Also brillant hast du das gemacht. Das ist ja erste Klasse, wie du so was deichselst.

HANS KARL Wie? Aber du weißt doch gar nicht.

CRESCENCE Was brauch' ich noch zu wissen. Ich weiß alles. Die Antoinette hat die Augen voller Tränen, sie stürzt an mir vorbei, sowie sie merkt, daß ich's bin, fallt sie mir um den Hals und ist wieder dahin wie der Wind, das sagt mir doch alles. Du hast ihr ins Gewissen geredet, du hast ihr besseres Selbst aufgeweckt, du hast ihr klargemacht, daß sie sich auf den Stani keine Hoffnungen mehr machen darf, und du hast ihr den einzigen Ausweg aus der verfahrenen Situation gezeigt, daß sie zu ihrem Mann zurück soll und trachten soll, ein anständiges, ruhiges Leben zu führen.

HANS KARL   Ja, so ungefähr. Aber es hat sich im Detail nicht so abgespielt. Ich hab' nicht deine zielbewußte Art. Ich komm' leicht von meiner Linie ab, das muß ich schon gestehen.

CRESCENCE   Aber das ist doch ganz egal. Wenn du in so einem Tempo ein so brillantes Resultat erzielst, jetzt, wo du in dem Tempo drin bist, kann ich gar nicht erwarten, daß du die zwei Konversationen mit der Helen und mit dem Poldo Altenwyl absolvierst. Ich bitt' dich, geh sie nur an, ich halt dir die Daumen, denk' doch nur, daß dem Stani sein Lebensglück von deiner Suada abhängt.

HANS KARL   Sei außer Sorg', Crescence, ich hab' jetzt grad' während dem Reden mit der Antoinette Hechingen so die Hauptlinien gesehen für meine Konversation mit der Helen. Ich bin ganz in der Stimmung. Weißt du, das ist ja meine Schwäche, daß ich so selten das Definitive vor mir sehe: aber diesmal seh' ich's.

CRESCENCE   Siehst du, das ist das Gute, wenn man ein Programm hat. Da kommt ein Zusammenhang in die ganze Geschichte. Also komm nur: wir suchen zusammen die Helen, sie muß ja in einem von den Salons sein, und sowie wir sie finden, lass' ich dich allein mit ihr. Und sobald wir ein Resultat haben, stürz' ich ans Telephon und depeschier' den Stani hierher.

DREIZEHNTE SZENE

Crescence und Hans Karl gehen links hinaus. Helene mit Neuhoff treten von rechts herein. Man hört eine gedämpfte Musik aus einem entfernten Salon.

NEUHOFF *hinter ihr*   Bleiben Sie stehen. Diese nichtsnutzige, leere, süße Musik und dieses Halbdunkel modellieren Sie wunderbar.

HELENE *ist stehengeblieben, geht aber jetzt weiter auf die Fauteuils links zu*   Ich stehe nicht gern Modell, Baron Neuhoff.

NEUHOFF   Auch nicht, wenn ich die Augen schließe?

Helene sagt nichts, sie steht links.

NEUHOFF   Ihr Wesen, Helene! Wie niemand je war, sind Sie. Ihre
Einfachheit ist das Resultat einer ungeheuren Anspannung.
Regungslos wie eine Statue vibrieren Sie in sich, niemand ahnt
es, der es aber ahnt, der vibriert mit Ihnen.
Helene sieht ihn an, setzt sich.

NEUHOFF *nicht ganz nahe* Wundervoll ist alles an Ihnen. Und dabei,
wie alles Hohe, fast erschreckend selbstverständlich.

HELENE   Ist Ihnen das Hohe selbstverständlich? Das war ein
nobler Gedanke.

NEUHOFF   Vielleicht könnte man seine Frau werden – das war es,
was Ihre Lippen sagen wollten, Helene!

HELENE   Lesen Sie von den Lippen wie die Taubstummen?

NEUHOFF *einen Schritt näher* Sie werden mich heiraten, weil Sie
meinen Willen spüren in einer willenlosen Welt.

HELENE *vor sich* Muß man? Ist es ein Gebot, dem eine Frau sich
fügen muß: wenn sie gewählt und gewollt wird?

NEUHOFF   Es gibt Wünsche, die nicht weit her sind. Die darf man
unter seine schönen rassigen Füße treten. Der meine ist weit her.
Er ist gewandert um die halbe Welt. Hier fand er sein Ziel. Sie
wurden gefunden, Helene Altenwyl, vom stärksten Willen, auf
dem weitesten Umweg, in der kraftlosesten aller Welten.

HELENE   Ich bin aus ihr und bin nicht kraftlos.

NEUHOFF   Ihr habt dem schönen Schein alles geopfert, auch die
Kraft. Wir, dort in unserm nordischen Winkel, wo uns die Jahr-
hunderte vergessen, wir haben die Kraft behalten. So stehen wir
gleich zu gleich und doch ungleich zu ungleich, und aus dieser
Ungleichheit ist mir mein Recht über Sie erwachsen.

HELENE   Ihr Recht?

NEUHOFF   Das Recht des geistig Stärksten über die Frau, die er zu
vergeistigen vermag.

HELENE   Ich mag nicht diese mystischen Redensarten.

NEUHOFF   Es waltet etwas Mystik zwischen zwei Menschen, die sich
auf den ersten Blick erkannt haben. Ihr Stolz soll es nicht vernei-
nen.

HELENE *sie ist aufgestanden* Er verneint es immer wieder.

NEUHOFF   Helene, bei Ihnen wäre meine Rettung – meine Zusam-
menfassung, meine Ermöglichung!

HELENE Ich will von niemand wissen, der sein Leben unter solche
Bedingungen stellt! *Sie tut ein paar Schritte an ihm vorbei; ihr Blick
haftet an der offenen Tür rechts, wo sie eingetreten ist.*

NEUHOFF Wie Ihr Gesicht sich verändert! Was ist das, Helene?
Helene schweigt, sieht nach rechts.

NEUHOFF *ist hinter sie getreten, folgt ihrem Blick* Oh! Graf Bühl
erscheint auf der Bildfläche! *Er tritt zurück von der Tür* Sie fühlen
magnetisch seine Nähe – ja spüren Sie denn nicht, unbegreifliches
Geschöpf, daß Sie für ihn nicht da sind?

HELENE Ich bin schon da für ihn, irgendwie bin ich schon da!

NEUHOFF Verschwenderin! Sie leihen ihm alles, auch noch die
Kraft, mit der er Sie hält.

HELENE Die Kraft, mit der ein Mensch einen hält – die hat ihm
wohl Gott gegeben.

NEUHOFF Ich staune. Womit übt ein Kari Bühl diese Faszination
über Sie? Ohne Verdienst, sogar ohne Bemühung, ohne Willen,
ohne Würde –

HELENE Ohne Würde!

NEUHOFF Der schlaffe zweideutige Mensch hat keine Würde.

HELENE Was für Worte gebrauchen Sie da?

NEUHOFF Mein nördlicher Jargon klingt etwas scharf in Ihre schön-
geformten Ohren. Aber ich vertrete seine Schärfe. Zweideutig
nenne ich den Mann, der sich halb verschenkt und sich halb
zurückbehält – der Reserven in allem und jedem hält – in allem
und jedem Berechnungen –

HELENE Berechnung und Kari Bühl! Ja, sehen Sie ihn denn wirklich
so wenig! Freilich ist es unmöglich, sein letztes Wort zu finden,
das bei andern so leicht zu finden ist. Die Ungeschicklichkeit, die
ihn so liebenswürdig macht, der timide Hochmut, seine Herablas-
sung, freilich ist alles ein Versteckenspiel, freilich läßt es sich mit
plumpen Händen nicht fassen. – Die Eitelkeit erstarrt ihn ja nicht,
durch die alle andern steif und hölzern werden – die Vernunft
erniedrigt ihn ja nicht, die aus den meisten so etwas Gewöhn-
liches macht – er gehört nur sich selber – niemand kennt ihn, da
ist es kein Wunder, daß Sie ihn nicht kennen!

NEUHOFF So habe ich Sie nie zuvor gesehen, Helene. Ich genieße

diesen unvergleichlichen Augenblick! Einmal sehe ich Sie, wie
Gott Sie geschaffen hat, Leib und Seele. Ein Schauspiel für Göt-
ter. Pfui über die Weichheit bei Männern wie bei Frauen! Aber
Strenge, die weich wird, ist herrlich über alles!
Helene schweigt.

NEUHOFF   Gestehen Sie mir zu, es zeugt von etwas Superiorität,
wenn ein Mann es an einer Frau genießen kann, wie sie einen
andern bewundert. Aber ich vermag es: denn ich bagatellisiere
Ihre Bewunderung für Kari Bühl.

HELENE   Sie verwechseln die Nuancen. Sie sind aigriert, wo es nicht
am Platz ist.

NEUHOFF   Über was ich hinweggehe, das aigriert mich nicht.

HELENE   Sie kennen ihn nicht! Sie haben ihn kaum gesprochen.

NEUHOFF   Ich habe ihn besucht –
Helene sieht ihn an.

NEUHOFF   – Es ist nicht zu sagen, wie dieser Mensch Sie preisgibt –
Sie bedeuten ihm nichts. Sie sind es, über die er hinweggeht.

HELENE *ruhig* Nein.

NEUHOFF   Es war ein Zweikampf zwischen mir und ihm, ein Zweikampf um Sie! – und ich bin nicht unterlegen.

HELENE   Nein, es war kein Zweikampf. Es verdient keinen so heroi-
schen Namen. Sie sind hingegangen, um dasselbe zu tun, was ich
in diesem Augenblick tu'! *Lacht* Ich gebe mir alle Mühe, den
Grafen Bühl zu sehen, ohne daß er mich sieht. Aber ich tue es
ohne Hintergedanken.

NEUHOFF   Helene!

HELENE   Ich denke nicht, dabei etwas wegzutragen, das mir nützen
könnte!

NEUHOFF   Sie treten mich ja in den Staub, Helene – und ich lasse
mich treten!
Helene schweigt.

NEUHOFF   Und nichts bringt mich näher?

HELENE   Nichts. *Sie geht einen Schritt auf die Tür rechts zu.*

NEUHOFF   Alles an Ihnen ist schön, Helene. Wenn Sie sich nieder-
setzen, ist es, als ob Sie ausruhen müßten von einem großen
Schmerz – und wenn Sie quer durchs Zimmer gehen, ist es, als
ob Sie einer ewigen Entscheidung entgegengingen.

Hans Karl ist in der Tür rechts erschienen.
Helene gibt Neuhoff keine Antwort. Sie geht lautlos langsam auf die Tür
rechts zu.
Neuhoff geht schnell links hinaus.

VIERZEHNTE SZENE

HANS KARL Ja, ich habe mit Ihnen zu reden.

HELENE Is' es etwas sehr Ernstes?

HANS KARL Es kommt vor, daß es einem zugemutet wird. Durchs
Reden kommt ja alles auf der Welt zustande. Allerdings, es ist ein
bißl lächerlich, wenn man sich einbildet, durch wohlgesetzte Wör-
ter eine weiß Gott wie große Wirkung auszuüben, in einem
Leben, wo doch schließlich alles auf die letzte unaussprechliche
Nuance ankommt. Das Reden basiert auf einer indezenten Selbst-
überschätzung.

HELENE Wenn alle Menschen wüßten, wie unwichtig sie sind, würde
keiner den Mund aufmachen.

HANS KARL Sie haben einen so klaren Verstand, Helene. Sie wissen
immer in jedem Moment so sehr, worauf es ankommt.

HELENE Weiß ich das?

HANS KARL Man versteht sich mit Ihnen ausgezeichnet. Da muß
man sehr achtgeben.

HELENE *sieht ihn an* Da muß man achtgeben?

HANS KARL Freilich. Sympathie ist ganz gut, aber auf ihr herumzu-
reiten, wäre doch namenlos indiskret. Darum muß man doch
gerade auf der Hut sein, wenn man das Gefühl hat, sich sehr gut
zu verstehen.

HELENE Das müssen Sie tun, natürlich. So ist Ihre Natur. Wer sich
einfallen ließe, Sie fixieren zu wollen, wäre schon verloren. Aber
wer glaubt, daß Sie ihm für immer Adieu gesagt haben, dem
könnte passieren, daß Sie ihm wieder guten Tag sagen. – Heut'
hat die Antoinette wieder Charme für Sie gehabt.

HANS KARL Sie bemerken alles!

HELENE Sie verbrauchen auf Ihre Art die armen Frauen, aber Sie haben sie gar nicht sehr lieb. Es gehört viel Contenance dazu oder ein bißl Gewöhnlichkeit, um Ihre Freundin zu bleiben.

HANS KARL Wenn Sie mich so sehen, dann bin ich Ihnen ja direkt unsympathisch!

HELENE Gar nicht. Sie sind scharmant. Sie sind bei all dem wie ein Kind.

HANS KARL Wie ein Kind? Und dabei bin ich nahezu ein alter Mensch. Das ist doch eine Horreur. Mit neununddreißig Jahren nicht wissen, woran man mit sich selber ist, das ist doch eine Schand'.

HELENE Ich brauchte nie nachzudenken, woran ich mit mir selber bin. Bei mir ist wirklich gar nichts los, es ist nichts da als ein anständiges, ruhiges Benehmen.

HANS KARL Sie haben so eine reizende Art!

HELENE Ich möchte nicht sentimental sein, das langweilt mich. Ich möchte lieber terre à terre sein, wie Gott weiß wer, als sentimental. Ich möchte auch nicht spleenig sein, und ich möchte nicht kokett sein. So bleibt mir nichts übrig, als möglichst artig zu sein.

Hans Karl schweigt.

HELENE Au fond können wir Frauen tun was wir wollen, meinetwegen Solfèges singen oder politisieren, wir meinen immer noch was andres damit. – Solfèges singen ist indiskreter, Artigsein ist diskreter, es drückt die bestimmte Absicht aus, keine Indiskretionen zu begehen. Weder gegen sich, noch gegen einen andern.

HANS KARL Alles an Ihnen ist besonders und schön. Ihnen kann ja gar nichts geschehen. Heiraten Sie wen immer, heiraten Sie den Neuhoff, nein den Neuhoff, wenn sich's vermeiden läßt, lieber nicht, aber den ersten besten frischen Menschen, einen Menschen wie meinen Neffen Stani, ja, wirklich Helene, heiraten Sie den Stani, er möchte so gern, und Ihnen kann ja gar nichts passieren. Sie sind ja unzerstörbar, das steht ja deutlich in Ihrem Gesicht geschrieben. Ich bin immer fasziniert von einem wirklich schönen Gesicht – aber das Ihre –

HELENE Ich möchte nicht, daß Sie so mit mir reden, Graf Bühl.

HANS KARL Aber nein, an Ihnen ist ja nicht die Schönheit das Entscheidende, sondern ganz etwas anderes: in Ihnen liegt das Not-

wendige. Sie können mich natürlich nicht verstehen, ich versteh'
mich selbst viel schlechter, wenn ich red', als wenn ich still bin.
Ich kann gar nicht versuchen, Ihnen das zu explizieren, es ist
halt etwas, was ich draußen begreifen gelernt habe: daß in den
Gesichtern der Menschen etwas geschrieben steht. Sehen Sie,
auch in einem Gesicht wie dem von der Antoinette kann ich
lesen –

HELENE *mit einem flüchtigen Lächeln* Aber davon bin ich überzeugt.

HANS KARL *ernst* Ja, es ist ein scharmantes, liebes Gesicht, aber es
steht immer ein und derselbe stumme Vorwurf in ihm eingegra-
ben: Warum habts ihr mich alle dem fürchterlichen Zufall über-
lassen? Und das gibt ihrer kleinen Maske etwas so Hilfloses,
Verzweifeltes, daß man Angst um sie haben könnte.

HELENE Aber die Antoinette ist doch da. Sie existiert doch so ganz
für den Moment. So müssen doch Frauen sein, der Moment ist
ja alles. Was soll denn die Welt mit einer Person anfangen, wie
ich bin? Für mich ist ja der Moment gar nicht da, ich stehe da
und sehe die Lampen dort brennen, und in mir sehe ich sie schon
ausgelöscht. Und ich spreche mit Ihnen, wir sind ganz allein in
einem Zimmer, aber in mir ist das jetzt schon vorbei: wie wenn
irgendein gleichgültiger Mensch hereingekommen wäre und uns
gestört hätte, die Huberta oder der Theophil Neuhoff oder wer
immer, und das schon vorüber wäre, daß ich mit Ihnen allein dage-
sessen bin, bei dieser Musik, die zu allem auf der Welt besser paßt,
als zu uns beiden – und Sie schon wieder irgendwo dort zwischen
den Leuten. Und ich auch irgendwo zwischen den Leuten.

HANS KARL *leise* Jeder muß glücklich sein, der mit Ihnen leben darf,
und muß Gott danken bis an sein Lebensende, Helen, bis an
sein Lebensende, sei's, wer's sei. Nehmen Sie nicht den Neuhoff,
Helen, – eher einen Menschen wie den Stani, oder auch nicht
den Stani, einen ganz andern, der ein braver, nobler Mensch ist –
und ein Mann: das ist alles, was ich nicht bin. *Er steht auf.*

HELENE *steht auch auf, sie spürt, daß er gehen will* Sie sagen mir ja adieu!
Hans Karl gibt keine Antwort.

HELENE Auch das hab' ich voraus gewußt. Daß einmal ein Moment
kommen wird, wo Sie mir so plötzlich adieu sagen werden und

ein Ende machen – wo gar nichts war. Aber denen, wo wirklich was war, denen können Sie nie adieu sagen.

HANS KARL   Helen, es sind gewisse Gründe.

HELENE   Ich glaube, ich habe alles in der Welt, was sich auf uns zwei bezieht, schon einmal gedacht. So sind wir schon einmal gestanden, so hat eine fade Musik gespielt, und so haben Sie mir adieu gesagt, einmal für allemal.

HANS KARL   Es ist nicht nur so aus diesem Augenblick heraus, Helen, daß ich Ihnen adieu sage. Oh nein, das dürfen Sie nicht glauben. Denn daß man jemandem adieu sagen muß, dahinter versteckt sich ja was.

HELENE   Was denn?

HANS KARL   Da muß man ja sehr zu jemandem gehören und doch nicht ganz zu ihm gehören dürfen.

HELENE *zuckt*   Was wollen Sie damit sagen?

HANS KARL   Da draußen, da war manchmal was – mein Gott, ja, wer könnte denn das erzählen!

HELENE   Ja, mir. Jetzt.

HANS KARL   Da waren solche Stunden, gegen Abend oder in der Nacht, der frühe Morgen mit dem Morgenstern – Helen, Sie waren da sehr nahe von mir. Dann war dieses Verschüttetwerden, Sie haben davon gehört –

HELENE   Ja, ich hab' davon gehört –

HANS KARL   Das war nur ein Moment, dreißig Sekunden sollen es gewesen sein, aber nach innen hat das ein anderes Maß. Für mich war's eine ganze Lebenszeit, die ich gelebt hab', und in diesem Stück Leben, da waren Sie meine Frau. Ist das nicht spaßig?

HELENE   Da war ich Ihre Frau?

HANS KARL   Nicht meine zukünftige Frau. Das ist das Sonderbare. Meine Frau ganz einfach. Als ein fait accompli. Das Ganze hat eher etwas Vergangenes gehabt als etwas Zukünftiges.

Helene schweigt.

HANS KARL   Mein Gott, ich bin eben nicht möglich, das sag' ich ja der Crescence! Jetzt sitz' ich da neben Ihnen in einer Soiree und verlier' mich in Geschichten, wie der alte Millesimo, Gott hab' ihn selig, den schließlich die Leut' allein sitzen lassen haben, mit seinen Anekdoten ohne Pointe, und der das gar nicht bemerkt hat und mutterseelenallein weiter erzählt hat.

HELENE   Aber ich lass' Sie gar nicht sitzen, ich hör' zu, Graf Kari. Sie haben mir etwas sagen wollen, war es das?

HANS KARL   Nämlich: das war eine sehr subtile Lektion, die mir da eine höhere Macht erteilt hat. Ich werd' Ihnen sagen, Helen, was die Lektion bedeutet hat.

Helene hat sich gesetzt, er setzt sich auch, die Musik hat aufgehört.

HANS KARL   Es hat mir in einem ausgewählten Augenblick ganz eingeprägt werden sollen, wie das Glück ausschaut, das ich mir verscherzt habe. Wodurch ich mir's verscherzt habe, das wissen Sie ja so gut wie ich.

HELENE   Das weiß ich so gut wie Sie?

HANS KARL   Indem ich halt, solange noch Zeit war, nicht erkannt habe, worin das Einzige liegen könnte, worauf es ankäm'. Und daß ich das nicht erkannt habe, das war eben die Schwäche meiner Natur. Und so habe ich diese Prüfung nicht bestanden. Später im Feldspital, in den vielen ruhigen Tagen und Nächten hab' ich das alles mit einer unbeschreiblichen Klarheit und Reinheit erkennen können.

HELENE   War es das, was Sie mir haben sagen wollen, genau das?

HANS KARL   Die Genesung ist so ein merkwürdiger Zustand. Darin ist mir die ganze Welt wiedergekommen, wie etwas Reines, Neues und dabei so Selbstverständliches. Ich hab' da auf einmal ausdenken können, was das ist: ein Mensch. Und wie das sein muß: zwei Menschen, die ihr Leben aufeinander legen und werden wie ein Mensch. Ich habe – in der Ahnung wenigstens – mir vorstellen können – was da dazu gehört, wie heilig das ist und wie wunderbar. Und sonderbarerweise, es war nicht meine Ehe, die ganz ungerufen die Mitte von diesem Denken war – obwohl es ja leicht möglich ist, daß ich noch einmal heirat' – sondern es war Ihre Ehe.

HELENE   Meine Ehe! Meine Ehe – mit wem denn?

HANS KARL   Das weiß ich nicht. Aber ich hab' mir das in einer ganz genauen Weise vorstellen können, wie das alles sein wird, und wie es sich abspielen wird, mit ganz wenigen Leuten und ganz heilig

und feierlich, und wie alles so sein wird, wie sich's gehört zu
Ihren Augen und zu Ihrer Stirn und zu Ihren Lippen, die nichts
Überflüssiges reden können, und zu Ihren Händen, die nichts
Unwürdiges besiegeln können – und sogar das Ja-Wort hab' ich
gehört, ganz klar und rein, von Ihrer klaren, reinen Stimme –
ganz von weitem, denn ich war doch natürlich nicht dabei, ich
war doch nicht dabei! – Wie käm' ich als ein Außenstehender zu
der Zeremonie. – Aber es hat mich gefreut, Ihnen einmal zu
sagen, wie ich's Ihnen mein. – Und das kann man natürlich nur in
einem besonderen Moment; wie der jetzige, sozusagen in einem
definitiven Moment –

Helene ist dem Umsinken nah, beherrscht sich aber.

HANS KARL *Tränen in den Augen* Mein Gott, jetzt hab' ich Sie ganz
bouleversiert, das liegt an meiner unmöglichen Art, ich attendrier
mich sofort, wenn ich von was sprech' oder hör', was nicht aufs
Allerbanalste hinausgeht – es sind die Nerven seit der Geschichte,
aber das steckt sensible Menschen wie Sie natürlich an – ich
gehör' eben nicht unter Menschen – das sag' ich ja der Crescence – ich bitt' Sie tausendmal um Verzeihung, vergessen Sie
alles, was ich da Konfuses zusammengeredt hab' – es kommen ja
in so einem Abschiedsmoment tausend Erinnerungen durcheinander – *hastig, weil er fühlt, daß sie nicht mehr allein sind* – aber wer
sich beisammen hat, der vermeidet natürlich, sie auszukramen –
Adieu, Helen, adieu.

Der berühmte Mann ist von rechts eingetreten.

HELENE *kaum ihrer selbst mächtig* Adieu! *Sie wollen sich die Hände geben,
keine Hand findet die andere.*

Hans Karl will fort nach rechts.

Der berühmte Mann tritt auf ihn zu.

Hans Karl sieht sich nach links um.

Crescence tritt von links ein.

DER BERÜHMTE MANN Es war seit langem mein lebhafter Wunsch,
Euer Erlaucht –

HANS KARL *eilt fort nach rechts* Pardon, mein Herr! *An ihm vorbei.*

Crescence tritt zu Helene, die totenblaß dasteht –

Der berühmte Mann ist verlegen abgegangen.

Hans Karl erscheint nochmals in der Tür rechts, sieht herein, wie unschlüssig, und verschwindet gleich wieder, wie er Crescence bei Helene sieht.

HELENE *zu Crescence, fast ohne Besinnung* Du bist's, Crescence? Er ist ja noch einmal hereingekommen. Hat er noch etwas gesagt? *Sie taumelt, Crescence hält sie.*

CRESCENCE   Aber ich bin ja so glücklich. Deine Ergriffenheit macht mich ja so glücklich!

HELENE   Pardon, Crescence, sei mir nicht bös! *Macht sich los und läuft weg nach links.*

CRESCENCE   Ihr habt's euch eben beide viel lieber, als ihr wißt's, der Stani und du! *Sie wischt sich die Augen.*

Der Vorhang fällt.

DRITTER AKT

Vorsaal im Altenwylschen Haus. Rechts der Ausgang in die Einfahrt. Treppe in der Mitte. Hinaufführend zu einer Galerie, von der links und rechts je eine Flügeltür in die eigentlichen Gemächer führt. Unten neben der Treppe niedrige Diwans oder Bänke.

ERSTE SZENE

KAMMERDIENER *steht beim Ausgang rechts. Andere Diener stehen außerhalb, sind durch die Glasscheiben des Windfangs sichtbar. Kammerdiener ruft den andern Dienern zu* Herr Hofrat Professor Brücke!
Der berühmte Mann kommt die Treppe herunter. Diener kommt von rechts mit dem Pelz, in dem innen zwei Cachenez hängen, mit Überschuhen.
KAMMERDIENER *während dem berühmten Mann in die Überkleider geholfen wird* Befehlen Herr Hofrat ein Auto?
DER BERÜHMTE MANN Ich danke. Ist Seine Erlaucht, der Graf Bühl nicht soeben vor mir gewesen?
KAMMERDIENER Soeben im Augenblick.
DER BERÜHMTE MANN Ist er fortgefahren?
KAMMERDIENER Nein, Erlaucht hat sein Auto weggeschickt, er hat zwei Herren vorfahren sehen und ist hinter die Portiersloge getreten und hat sie vorbeigelassen. Jetzt muß er gerade aus dem Haus sein.
DER BERÜHMTE MANN *beeilt sich* Ich werde ihn einholen. *Er geht, man sieht zugleich draußen Stani und Hechingen eintreten.*

ZWEITE SZENE

Stani und Hechingen treten herein, hinter jedem ein Diener, der ihm Überrock und Hut abnimmt.
STANI *grüßt im Vorbeigehen den berühmten Mann* Guten Abend Wenzel, meine Mutter ist da?

KAMMERDIENER   Sehr wohl, Frau Gräfin sind beim Spiel. *Tritt ab,*
ebenso die andern Diener.
Stani will hinaufgehen.
Hechingen steht seitlich an einem Spiegel, sichtlich nervös. Ein anderer
Altenwylscher Diener kommt die Treppe herab.
STANI *hält den Diener auf* Sie kennen mich?
DIENER   Sehr wohl, Herr Graf.
STANI   Gehen Sie durch die Salons und suchen Sie den Grafen
   Bühl, bis Sie ihn finden. Dann nähern Sie sich ihm unauffällig
   und melden ihm, ich lasse ihn bitten auf ein Wort, entweder im
   Eckzimmer der Bildergalerie oder im chinesischen Rauchzimmer.
   Verstanden? Also was werden Sie sagen?
DIENER   Ich werde melden, Herr Graf Freudenberg wünschen mit
   Seiner Erlaucht privat ein Wort zu sprechen, entweder im Eck-
   zimmer –
STANI   Gut.
Diener geht.
HECHINGEN   Pst, Diener!
Diener hört ihn nicht, geht oben hinein.
Stani hat sich gesetzt.
Hechingen sieht ihn an.
STANI   Wenn du vielleicht ohne mich eintreten würdest? Ich habe
   eine Post hinaufgeschickt, ich warte hier einen Moment, bis er
   mir die Antwort bringt.
HECHINGEN   Ich leiste dir Gesellschaft.
STANI   Nein, ich bitte sehr, daß du dich durch mich nicht aufhalten
   läßt. Du warst ja sehr pressiert herzukommen –
HECHINGEN   Mein lieber Stani, du siehst mich in einer ganz beson-
   deren Situation vor dir. Wenn ich jetzt die Schwelle dieses Salons
   überschreite, so entscheidet sich mein Schicksal.
STANI *enerviert über Hechingens nervöses Auf-und-ab-Gehen* Möchtest du
   nicht vielleicht Platz nehmen? Ich wart' nur auf den Diener, wie
   gesagt.
HECHINGEN   Ich kann mich nicht setzen, ich bin zu agitiert.
STANI   Du hast vielleicht ein bissel schnell den Schampus hinunter-
   getrunken.

HECHINGEN Auf die Gefahr hin, dich zu langweilen, mein lieber Stani, muß ich dir gestehen, daß für mich in dieser Stunde außerordentlich Großes auf dem Spiel steht.

STANI *während Hechingen sich wieder nervös zerstreut von ihm entfernt* Aber es steht ja öfter irgend etwas Serioses auf dem Spiel. Es kommt nur darauf an, sich nichts merken zu lassen.

HECHINGEN *wieder näher* Dein Onkel Kari hat es in seiner freundschaftlichen Güte auf sich genommen, mit der Antoinette, mit meiner Frau, ein Gespräch zu führen, dessen Ausgang wie gesagt –

STANI Der Onkel Kari?

HECHINGEN Ich mußte mir sagen, daß ich mein Schicksal in die Hand keines nobleren, keines selbstloseren Freundes –

STANI Aber natürlich – Wenn er nur die Zeit gefunden hat?

HECHINGEN Wie?

STANI Er übernimmt manchmal ein bissel viel, der Onkel Kari. Wenn irgend jemand etwas von ihm will – er kann nicht nein sagen.

HECHINGEN Es war abgemacht, daß ich im Klub ein telephonisches Signal erwarte, ob ich hierherkommen soll oder ob mein Erscheinen noch nicht opportun ist.

STANI Ah. Da hätte ich aber an deiner Stelle auch wirklich gewartet.

HECHINGEN Ich war nicht mehr imstande, länger zu warten. Bedenke, was für mich auf dem Spiel steht!

STANI Über solche Entscheidungen muß man halt ein bissel erhaben sein. Aha! *Sieht den Diener, der oben heraustritt.*
Diener kommt die Treppe herunter.
Stani ihm entgegen, läßt Hechingen stehen.

DIENER Nein, ich glaube, Seine Erlaucht müssen fort sein.

STANI Sie glauben? Ich habe Ihnen gesagt, Sie sollen herumgehen, bis Sie ihn finden.

DIENER Verschiedene Herrschaften haben auch schon gefragt, Seine Erlaucht müssen rein unauffällig verschwunden sein.

STANI Sapristi! Dann gehen Sie zu meiner Mutter und melden Sie ihr, ich lasse vielmals bitten, sie möchte auf einen Moment zu mir in den vordersten Salon herauskommen. Ich muß meinen Onkel oder sie sprechen, bevor ich eintrete.

DIENER   Sehr wohl. *Geht wieder hinauf.*

HECHINGEN   Mein Instinkt sagt mir, daß der Kari in der Minute heraustreten wird, um mir das Resultat zu verkünden, und daß es ein glückliches sein wird.

STANI   So einen sicheren Instinkt hast du? Ich gratuliere.

HECHINGEN   Etwas hat ihn abgehalten zu telephonieren, aber er hat mich herbeigewünscht. Ich fühle mich ununterbrochen im Kontakt mit ihm.

STANI   Fabelhaft!

HECHINGEN   Das ist bei uns gegenseitig. Sehr oft spricht er etwas aus, was ich im gleichen Augenblick mir gedacht habe.

STANI   Du bist offenbar ein großartiges Medium.

HECHINGEN   Mein lieber Freund, wie ich ein junger Hund war wie du, hätte ich auch viel nicht für möglich gehalten, aber wenn man seine fünfunddreißig auf dem Buckel hat, da gehen einem die Augen für so manches auf. Es ist ja, wie wenn man früher taub und blind gewesen wäre.

STANI   Was du nicht sagst!

HECHINGEN   Ich verdank' ja dem Kari geradezu meine zweite Erziehung. Ich lege Gewicht darauf klarzustellen, daß ich ohne ihn einfach aus meiner verworrenen Lebenssituation nicht herausgefunden hätte.

STANI   Das ist enorm.

HECHINGEN   Ein Wesen wie die Antoinette, mag man auch ihr Mann gewesen sein, das sagt noch gar nichts, man hat eben keine Ahnung von dieser inneren Feinheit. Ich bitte nicht zu übersehen, daß ein solches Wesen ein Schmetterling ist, dessen Blütenstaub man schonen muß. Wenn du sie kennen würdest, ich meine näher kennen –

Stani verbindliche Gebärde.

HECHINGEN   Ich fass' mein Verhältnis zu ihr jetzt so auf, daß es einfach meine Schuldigkeit ist, ihr die Freiheit zu gewähren, deren ihre bizarre, phantasievolle Natur bedarf. Sie hat die Natur der grande dame des XVIII. Jahrhunderts. Nur dadurch, daß man ihr die volle Freiheit gewährt, kann man sie an sich fesseln.

STANI   Ah.

HECHINGEN   Man muß large sein, das ist es, was ich dem Kari verdanke. Ich würde keineswegs etwas Irreparables darin erblikken, einen Menschen, der sie verehrt, in larger Weise heranzuziehen.

STANI   Ich begreife.

HECHINGEN   Ich würde mich bemühen, meinen Freund aus ihm zu machen, nicht aus Politik, sondern ganz unbefangen. Ich würde ihm herzlich entgegenkommen: das ist die Art, wie der Kari mir gezeigt hat, daß man die Menschen nehmen muß: mit einem leichten Handgelenk.

STANI   Aber es ist nicht alles au pied de la lettre zu nehmen, was der Onkel Kari sagt.

HECHINGEN   Au pied de la lettre natürlich nicht. Ich würde dich bitten, nicht zu übersehen, daß ich genau fühle, worauf es ankommt. Es kommt alles auf ein gewisses Etwas an, auf eine Grazie – ich möchte sagen, es muß alles ein beständiges Impromptu sein. *Er geht nervös auf und ab.*

STANI   Man muß vor allem seine tenue zu wahren wissen. Beispielsweise, wenn der Onkel Kari eine Entscheidung über was immer zu erwarten hätte, so würde kein Mensch ihm etwas anmerken.

HECHINGEN   Aber natürlich. Dort hinter dieser Statue oder hinter der großen Azalee würde er mit der größten Nonchalance stehen und plauschen – ich mal' mir das aus! Auf die Gefahr hin, dich zu langweilen, ich schwör' dir, daß ich jede kleine Nuance, die in ihm vorgehen würde, nachempfinden kann.

STANI   Da wir uns aber nicht beide hinter die Azalee stellen können und dieser Idiot von Diener absolut nicht wiederkommt, so werden wir vielleicht hinaufgehen.

HECHINGEN   Ja, gehen wir beide. Es tut mir wohl, diesen Augenblick nicht allein zu verbringen. Mein lieber Stani, ich hab' eine so aufrichtige Sympathie für dich! *Hängt sich in ihn ein.*

STANI *indem er seinen Arm von dem Hechingens entfernt*   Aber vielleicht nicht bras dessus – bras dessous wie die Komtessen, wenn sie das erste Jahr ausgehen, sondern jeder extra.

HECHINGEN   Bitte, bitte, wie dir's genehm ist. –

STANI   Ich würde dir vorschlagen, als erster zu starten. Ich komm'
dann sofort nach.

Hechingen geht voraus, verschwindet oben.

Stani geht ihm nach.

DRITTE SZENE

HELENE *tritt aus einer kleinen versteckten Tür in der linken Seitenwand. Sie
wartet, bis Stani oben unsichtbar geworden ist. Dann ruft sie den Kammerdiener
leise an* Wenzel, Wenzel, ich will Sie etwas fragen.

KAMMERDIENER *geht schnell zu ihr hinüber* Befehlen Komtesse?

HELENE *mit sehr leichtem Ton* Haben Sie gesehen, ob der Graf Bühl
fortgegangen ist?

KAMMERDIENER   Jawohl, sind fortgegangen, vor fünf Minuten.

HELENE   Er hat nichts hinterlassen?

KAMMERDIENER   Wie meinen die Komtesse?

HELENE   Einen Brief oder eine mündliche Post.

KAMMERDIENER   Mir nicht, ich werde gleich die andern Diener fragen. *Geht hinüber.*

Helene steht und wartet.

*Stani wird oben sichtbar. Er sucht zu sehen, mit wem Helene spricht, und
verschwindet dann wieder.*

KAMMERDIENER *kommt zurück zu Helene* Nein, gar nichts. Er hat sein
Auto weggeschickt, sich Zigarre angezündet und ist gegangen.

Helene sagt nichts.

KAMMERDIENER *nach einer kleinen Pause* Befehlen Komtesse noch
etwas?

HELENE   Ja, Wenzel, ich werd' in ein paar Minuten wiederkommen,
und dann werd' ich aus dem Hause gehen.

KAMMERDIENER   Wegfahren, noch jetzt am Abend?

HELENE   Nein, gehen, zu Fuß.

KAMMERDIENER   Ist jemand krank worden?

HELENE   Nein, es ist niemand krank, ich muß mit jemandem sprechen.

KAMMERDIENER   Befehlen Komtesse, daß wer begleitet außer der
Miß?

HELENE   Nein, ich werde ganz allein gehen, auch die Miß Jekyll wird mich nicht begleiten. Ich werde hier herausgehen in einem Augenblick, wenn niemand von den Gästen hier fort geht. Und ich werde Ihnen einen Brief für den Papa geben.

KAMMERDIENER   Befehlen, daß ich den dann gleich hineintrage?

HELENE   Nein, geben Sie ihn dem Papa, wenn er die letzten Gäste begleitet hat.

KAMMERDIENER   Wenn sich alle Herrschaften verabschiedet haben?

HELENE   Ja, im Moment, wo er befiehlt, das Licht auszulöschen. Aber dann bleiben Sie bei ihm. Ich möchte, daß Sie – *sie stockt.*

KAMMERDIENER   Befehlen?

HELENE   Wie alt war ich, Wenzel, wie Sie hier ins Haus gekommen sind?

KAMMERDIENER   Fünf Jahre altes Mäderl waren Komtesse.

HELENE   Es ist gut, Wenzel, ich danke Ihnen. Ich werde hier herauskommen, und Sie werden mir ein Zeichen geben, ob der Weg frei ist. *Reicht ihm ihre Hand zum Küssen.*

KAMMERDIENER   Befehlen. *Küßt die Hand.*

Helene geht wieder ab durch die kleine Tür.

VIERTE SZENE

Antoinette und Neuhoff kommen rechts seitwärts der Treppe aus dem Wintergarten.

ANTOINETTE   Das war die Helen. War sie allein? Hat sie mich gesehen?

NEUHOFF   Ich glaube nicht. Aber was liegt daran? Jedenfalls haben Sie diesen Blick nicht zu fürchten.

ANTOINETTE   Ich fürcht' mich vor ihr. Sooft ich an sie denk', glaub' ich, daß mich wer angelogen hat. Gehen wir woanders hin, wir können nicht hier im Vestibül sitzen.

NEUHOFF   Beruhigen Sie sich. Kari Bühl ist fort. Ich habe soeben gesehen, wie er fortgegangen ist.

ANTOINETTE   Gerade jetzt im Augenblick?

NEUHOFF *versteht, woran sie denkt* Er ist unbemerkt und unbegleitet fortgegangen.

ANTOINETTE Wie?

NEUHOFF Eine gewisse Person hat ihn nicht bis hierher begleitet und hat überhaupt in der letzten halben Stunde seines Hierseins nicht mit ihm gesprochen. Ich habe es festgestellt. Seien Sie ruhig.

ANTOINETTE Er hat mir geschworen, er wird ihr adieu sagen für immer. Ich möcht ihr Gesicht sehen, dann wüßt' ich –

NEUHOFF Dieses Gesicht ist hart wie Stein. Bleiben Sie bei mir hier.

ANTOINETTE Ich –

NEUHOFF Ihr Gesicht ist entzückend. Andere Gesichter verstecken alles. Das Ihrige ist ein unaufhörliches Geständnis. Man könnte diesem Gesicht alles entreißen, was je in Ihnen vorgegangen ist.

ANTOINETTE Man könnte? Vielleicht – wenn man einen Schatten von Recht dazu hätte.

NEUHOFF Man nimmt das Recht dazu aus dem Moment. Sie sind eine Frau, eine wirkliche, entzückende Frau. Sie gehören keinem und jedem! Nein: Sie haben noch keinem gehört, Sie warten noch immer.

ANTOINETTE *mit einem kleinen nervösen Lachen* Nicht auf Sie!

NEUHOFF Ja, genau auf mich, das heißt auf den Mann, den Sie noch nicht kennen, auf den wirklichen Mann, auf Ritterlichkeit, auf Güte, die in der Kraft wurzelt. Denn die Karis haben Sie nur malträtiert, betrogen vom ersten bis zum letzten Augenblick, diese Sorte von Menschen ohne Güte, ohne Kern, ohne Nerv, ohne Loyalität! Diese Schmarotzer, denen ein Wesen wie Sie immer wieder und wieder in die Schlinge fällt, ungelohnt, unbedankt, unbeglückt, erniedrigt in ihrer zartesten Weiblichkeit! *Will ihre Hand ergreifen.*

ANTOINETTE Wie Sie sich echauffieren! Aber vor Ihnen bin ich sicher, Ihr kalter, wollender Verstand hebt ja den Kopf aus jedem Wort, das Sie reden. Ich hab' nicht einmal Angst vor Ihnen. Ich will Sie nicht!

NEUHOFF Mein Verstand, ich hass' ihn ja! Ich will ja erlöst sein von ihm, mich verlangt ja nichts anderes, als ihn bei Ihnen zu verlieren, süße kleine Antoinette! *Er will ihre Hand nehmen.*

Hechingen wird oben sichtbar, tritt aber gleich wieder zurück.
Neuhoff hat ihn gesehen, nimmt ihre Hand nicht, ändert die Stellung und
den Gesichtsausdruck.

ANTOINETTE   Ah, jetzt hab' ich Sie durch und durch gesehen, wie sich das jäh verändern kann in Ihrem Gesicht! Ich will Ihnen sagen, was jetzt passiert ist: jetzt ist oben die Helen vorbeigegangen, und in diesem Augenblick hab' ich in Ihnen lesen können wie in einem offenen Buch. Dépit und Ohnmacht, Zorn, Scham und die Lust, mich zu kriegen – faute de mieux – das alles war zugleich darin. Die Edine schimpft mit mir, daß ich komplizierte Bücher nicht lesen kann. Aber das war recht kompliziert, und ich hab's doch lesen können in einem Nu. Geben Sie sich keine Müh' mit mir. Ich mag nicht!

NEUHOFF *beugt sich zu ihr*   Du sollst wollen!

ANTOINETTE *steht auf*   Oho! Ich mag nicht! Ich mag nicht! Denn das, was da aus Ihren Augen hervorwill und mich in seine Gewalt kriegen will, aber nur will! – kann sein, daß das sehr männlich ist – aber ich mag's nicht. Und wenn das Euer Bestes ist, so hat jede einzelne von uns, und wäre sie die Gewöhnlichste, etwas in sich, das besser ist als Euer Bestes, und das gefeit ist gegen Euer Bestes durch ein bisserl eine Angst. Aber keine solche Angst, die einen schwindlig macht, sondern eine ganz nüchterne, ganz prosaische. *Sie geht gegen die Treppe, bleibt noch einmal stehen.* Verstehen Sie mich? Bin ich ganz deutlich? Ich fürcht' mich vor Ihnen, aber nicht genug, das ist Ihr Pech. Adieu, Baron Neuhoff. *Neuhoff ist schnell nach dem Wintergarten abgegangen.*

FÜNFTE SZENE

Hechingen tritt oben herein, er kommt sehr schnell die Treppe herunter.
Antoinette ist betroffen und tritt zurück.

HECHINGEN   Toinette!

ANTOINETTE *unwillkürlich*   Auch das noch!

HECHINGEN   Wie sagst du?

ANTOINETTE   Ich bin überrascht – das mußt du doch begreifen.

HECHINGEN   Und ich bin glücklich. Ich danke meinem Gott, ich danke meiner Chance, ich danke diesem Augenblick!

ANTOINETTE   Du siehst ein bissel verändert aus. Dein Ausdruck ist anders, ich weiß nicht, woran es liegt. Bist du nicht ganz wohl?

HECHINGEN   Liegt es nicht daran, daß diese schwarzen Augen mich lange nicht angeschaut haben?

ANTOINETTE   Aber es ist ja nicht so lang her, daß man sich gesehen hat.

HECHINGEN   Sehen und Anschau'n ist zweierlei, Toinette. *Er ist ihr näher gekommen.*

Antoinette tritt zurück.

HECHINGEN   Vielleicht aber ist es etwas anderes, das mich verändert hat, wenn ich die Unbescheidenheit haben darf, von mir zu sprechen.

ANTOINETTE   Was denn? Ist etwas passiert? Interessierst du dich für wen?

HECHINGEN   Deinen Charme, deinen Stolz im Spiel zu sehen, die ganze Frau, die man liebt, plötzlich vor sich zu sehen, sie leben zu sehen!

ANTOINETTE   Ah, von mir ist die Rede!

HECHINGEN   Ja, von dir. Ich war so glücklich, dich einmal so zu sehen wie du bist, denn da hab' ich dich einmal nicht intimidiert. Oh meine Gedanken, wie ich da oben gestanden bin! Diese Frau, begehrt von allen und allen sich versagend! Mein Schicksal, dein Schicksal, denn es ist unser beider Schicksal. Setz dich zu mir! *Er hat sich gesetzt, streckt die Hand nach ihr aus.*

ANTOINETTE   Man kann so gut im Stehen miteinander reden, wenn man so alte Bekannte ist.

HECHINGEN *ist wieder aufgestanden*   Ich hab' dich nicht gekannt. Ich hab' erst andere Augen bekommen müssen. Der zu dir kommt, ist ein andrer, ein Verwandelter.

ANTOINETTE   Du hast so einen neuen Ton in deinen Reden. Wo hast du dir das angewöhnt?

HECHINGEN   Der zu dir redet, das ist der, den du nicht kennst, Toinette, so wie er dich nicht gekannt hat! Und der sich nichts anderes wünscht, nichts anderes träumt, als von dir gekannt zu sein und dich zu kennen.

ANTOINETTE Ado, ich bitt' dich um alles, red' nicht mit mir, als wenn ich eine Speisewagenbekanntschaft aus einem Schnellzug wäre.

HECHINGEN Mit der ich fahren möchte, fahren bis ans Ende der Welt! *Will ihre Hand küssen, sie entzieht sie ihm.*

ANTOINETTE Ich bitt' dich, merk' doch, daß mich das crispiert. Ein altes Ehepaar hat doch einen Ton miteinander. Den wechselt man doch nicht, das ist ja zum Schwindligwerden.

HECHINGEN Ich weiß nichts von einem alten Ehepaar, ich weiß nichts von unserer Situation.

ANTOINETTE Aber das ist doch eine gegebene Situation.

HECHINGEN Gegeben? Das alles gibt's ja gar nicht. Hier bist du und ich, und alles fängt wieder vom Frischen an.

ANTOINETTE Aber nein, gar nichts fängt vom Frischen an.

HECHINGEN Das ganze Leben ist ein ewiges Wiederanfangen.

ANTOINETTE Nein, nein, ich bitt' dich um alles, bleib' doch in deinem alten Genre. Ich kann's sonst nicht aushalten. Sei mir nicht bös, ich hab' ein bissel Migräne, ich hab' schon früher nach Haus' fahren wollen, bevor ich gewußt hab', daß ich dich – ich hab' doch nicht wissen können!

HECHINGEN Du hast nicht wissen können, wer der sein wird, der vor dich hintreten wird, und daß es nicht dein Mann ist, sondern ein neuer enflammierter Verehrer, enflammiert wie ein Bub' von zwanzig Jahren! Das verwirrt dich, das macht dich taumeln. *Will ihre Hand nehmen.*

ANTOINETTE Nein, es macht mich gar nicht taumeln, es macht mich ganz nüchtern. So terre à terre macht's mich, alles kommt mir so armselig vor und ich mir selbst. Ich hab' heut einen unglücklichen Abend, bitte, tu mir einen einzigen Gefallen, laß mich nach Haus fahren.

HECHINGEN Oh, Antoinette!

ANTOINETTE Das heißt, wenn du mir etwas Bestimmtes hast sagen wollen, so sag's mir, ich werd's sehr gern anhören, aber ich bitt' dich um eins! Sag's ganz in deinem gewöhnlichen Ton, so wie immer.

Hechingen betrübt und ernüchtert, schweigt.

ANTOINETTE So sag doch, was du mir hast sagen wollen.

HECHINGEN Ich bin betroffen zu sehen, daß meine Gegenwart dich einerseits zu überraschen, anderseits zu belasten scheint. Ich durfte mich der Hoffnung hingeben, daß ein lieber Freund Gelegenheit genommen haben würde, dir von mir, von meinen unwandelbaren Gefühlen für dich zu sprechen. Ich habe mir zurecht gelegt, daß auf dieser Basis eine improvisierte Aussprache zwischen uns möglicherweise eine veränderte Situation schon vorfindet oder wenigstens schaffen würde können. – Ich würde dich bitten, nicht zu übersehen, daß du mir die Gelegenheit, dir von meinem eigenen Innern zu sprechen, bisher nicht gewährt hast – ich fasse mein Verhältnis zu dir so auf, Antoinette – langweil' ich dich sehr?

ANTOINETTE Aber ich bitt' dich, sprich' doch weiter. Du hast mir doch was sagen wollen. Anders kann ich mir dein Herkommen nicht erklären.

HECHINGEN Ich fass' unser Verhältnis als ein solches auf, das nur mich, nur mich, Antoinette, bindet, das mir, nur mir eine Prüfungszeit auferlegt, deren Dauer du zu bestimmen hast.

ANTOINETTE Aber wozu soll denn das sein, wohin soll denn das führen?

HECHINGEN Wende ich mich freilich zu meinem eigenen Innern, Toinette –

ANTOINETTE Bitte, was ist, wenn du dich da wendest? *Sie greift sich an die Schläfe.*

HECHINGEN – so bedarf es allerdings keiner langen Prüfung. Immer und immer werde ich der Welt gegenüber versuchen, mich auf deinen Standpunkt zu stellen, werde immer wieder der Verteidiger deines Scharmes und deiner Freiheit sein. Und wenn man mir bewußt Entstellungen entgegenwirft, so werde ich triumphierend auf das vor wenigen Minuten hier Erlebte verweisen, auf den sprechenden Beweis, wie sehr es dir gegeben ist, die Männer, die dich begehren und bedrängen, in ihren Schranken zu halten.

ANTOINETTE *nervös* Was denn?

HECHINGEN Du wirst viel begehrt. Dein Typus ist die grande dame des XVIII. Jahrhunderts. Ich vermag in keiner Weise etwas Beklagenswertes daran zu erblicken. Nicht die Tatsache muß gewertet werden, sondern die Nuance. Ich lege Gewicht darauf, klarzustellen, daß, wie immer du handelst, deine Absichten für mich über jeden Zweifel erhaben sind.

ANTOINETTE *dem Weinen nah* Mein lieber Ado, du meinst es sehr gut, aber meine Migräne wird stärker mit jedem Wort, was du sagst.

HECHINGEN Oh, das tut mir sehr leid. Um so mehr, als diese Augenblicke für mich unendlich kostbar sind.

ANTOINETTE Bitte, hab' die Güte – *sie taumelt.*

HECHINGEN Ich versteh'. Ein Auto?

ANTOINETTE Ja. Die Edine hat mir erlaubt, ihres zu nehmen.

HECHINGEN Sofort. *Geht und gibt den Befehl. Kommt zurück mit ihrem Mantel. Indem er ihr hilft* Ist das alles, was ich für dich tun kann?

ANTOINETTE Ja, alles.

KAMMERDIENER *an der Glastür, meldet* Das Auto für die Frau Gräfin. *Antoinette geht sehr schnell ab.*
Hechingen will ihr nach, hält sich.

SECHSTE SZENE

STANI *von rückwärts aus dem Wintergarten. Er scheint jemand zu suchen* Ah, du bist's, hast du meine Mutter nicht gesehen?

HECHINGEN Nein, ich war nicht in den Salons. Ich hab' soeben meine Frau an ihr Auto begleitet. Es war eine Situation ohne Beispiel.

STANI *mit seiner eigenen Sache beschäftigt* Ich begreif' nicht. Die Mamu bestellt mich zuerst in den Wintergarten, dann läßt sie mir sagen, hier an der Stiege auf sie zu warten –

HECHINGEN Ich muß mich jetzt unbedingt mit dem Kari aussprechen.

STANI Da mußt du halt fortgehen und ihn suchen.

HECHINGEN Mein Instinkt sagt mir, er ist nur fortgegangen, um mich im Klub aufzusuchen, und wird wiederkommen. *Geht nach oben.*

STANI Ja, wenn man so einen Instinkt hat, der einem alles sagt! Ah, da ist ja die Mamu!

SIEBENTE SZENE

CRESCENCE *kommt unten von links seitwärts der Treppe heraus* Ich komm'
über die Dienerstiegen, diese Diener machen nichts als Mißverständnisse. Zuerst sagt er mir, du bittest mich, in den Wintergarten zu kommen, dann sagt er in die Galerie –

STANI Mamu, das ist ein Abend, wo man aus den Konfusionen
überhaupt nicht herauskommt. Ich bin wirklich auf dem Punkt
gestanden, wenn es nicht wegen Ihr gewesen wäre, stante pede
nach Haus zu fahren, eine Dusche zu nehmen und mich ins Bett
zu legen. Ich vertrag' viel, aber eine schiefe Situation, das ist mir
etwas so Odioses, das zerrt direkt an meinen Nerven. Ich muß
vielmals bitten, mich doch jetzt au courant zu setzen.

CRESCENCE Ja, ich begreif' doch gar nicht, daß der Onkel Kari hat
weggehen können, ohne mir auch nur einen Wink zu geben. Das
ist eine von seinen Zerstreutheiten, ich bin ja desperat, mein
guter Bub'.

STANI Bitte mir doch die Situation etwas zu erklären. Bitte mir nur
in großen Linien zu sagen, was vorgefallen ist.

CRESCENCE Aber alles ist ja genau nach dem Programm gegangen.
Zuerst hat der Onkel Kari mit der Antoinette ein sehr agitiertes
Gespräch geführt –

STANI Das war schon der erste Fehler. Das hab' ich ja gewußt, das
war eben zu kompliziert. Ich bitte mir also weiter zu sagen –

CRESCENCE Was soll ich Ihm denn weiter sagen? Die Antoinette
stürzt an mir vorbei, ganz bouleversiert, unmittelbar darauf setzt
sich der Onkel Kari mit der Helen –

STANI Es ist eben zu kompliziert, zwei solche Konversationen an
einem Abend durchzuführen. Und der Onkel Kari –

CRESCENCE Das Gespräch mit der Helen geht ins Endlose, ich
komm' an die Tür – die Helen fällt mir in die Arme, ich bin selig,
sie lauft weg, ganz verschämt, wie sich's gehört, ich stürz' ans
Telephon und zitier' dich her!

STANI Ja, ich bitte, das weiß ich ja, aber ich bitte, mir aufzuklären,
was denn hier vorgegangen ist!

CRESCENCE Ich stürz' im Flug durch die Zimmer, such' den Kari, find' ihn nicht. Ich muß zurück zu der Partie, du kannst dir denken, wie ich gespielt hab'. Die Mariette Stradonitz invitiert auf Herz, ich spiel' Karo, dazwischen bet' ich die ganze Zeit zu die vierzehn Nothelfer. Gleich darauf mach' ich Renonce in Pik. Endlich kann ich aufstehen, ich such' den Kari wieder, ich find' ihn nicht! Ich geh' durch die finstern Zimmer bis an der Helen ihre Tür, ich hör' sie drin weinen. Ich klopf' an, sag' meinen Namen, sie gibt mir keine Antwort. Ich schleich' mich wieder zurück zur Partie, die Mariette fragt mich dreimal, ob mir schlecht ist, der Louis Castaldo schaut mich an, als ob ich ein Gespenst wär. –

STANI   Ich versteh' alles.

CRESCENCE   Ja, was, ich versteh' ja gar nichts.

STANI   Alles, alles. Die ganze Sache ist mir klar.

CRESCENCE   Ja, wie sieht Er denn das?

STANI   Klar wie's Einmaleins. Die Antoinette in ihrer Verzweiflung hat einen Tratsch gemacht, sie hat aus dem Gespräch mit dem Onkel Kari entnommen, daß ich für sie verloren bin. Eine Frau, wenn sie in Verzweiflung ist, verliert ja total ihre Tenue; sie hat sich dann an die Helen heranaufiliert und hat einen solchen Mordstratsch gemacht, daß die Helen mit ihrem Fumo und ihrer pyramidalen Empfindlichkeit beschlossen hat, auf mich zu verzichten, und wenn ihr das Herz brechen sollte.

CRESCENCE   Und deswegen hat sie mir die Tür nicht aufgemacht!

STANI   Und der Onkel Kari, wie er gespürt hat, was er angerichtet hat, hat sich sofort aus dem Staub gemacht.

CRESCENCE   Ja, dann steht die Sache doch sehr fatal! Ja, mein guter Bub', was sagst du denn da?

STANI   Meine gute Mamu, da sag' ich nur eins, und das ist das einzige, was ein Mann von Niveau sich in jeder schiefen Situation zu sagen hat: man bleibt, was man ist, daran kann eine gute oder eine schlechte Chance nichts ändern.

CRESCENCE   Er ist ein lieber Bub', und ich adorier Ihn für Seine Haltung, aber deswegen darf man die Flinten noch nicht ins Korn werfen!

STANI   Ich bitte um alles, mir eine schiefe Situation zu ersparen.

CRESCENCE   Für einen Menschen mit Seiner Tenue gibt's keine schiefe Situation. Ich such' jetzt die Helen und werd' sie fragen, was zwischen jetzt und dreiviertel zehn passiert ist.

STANI   Ich bitt' inständig –

CRESCENCE   Aber mein Bub', Er ist mir tausendmal zu gut, als daß ich Ihn wollt einer Familie oktroyieren und wenn's die vom Kaiser von China wär'. Aber anderseits ist mir doch auch die Helen zu lieb, als daß ich ihr Glück einem Tratsch von einer eifersüchtigen Gans, wie die Antoinette ist, aufopfern wollte. Also tu' Er mir den Gefallen und bleib' Er da und begleit Er mich dann nach Haus, Er sieht doch, wie ich agitiert bin. *Sie geht die Treppe hinauf, Stani folgt ihr.*

ACHTE SZENE

Helene ist durch die unsichtbare Tür links herausgetreten, im Mantel wie zum Fortgehen. Sie wartet, bis Crescence und Stani sie nicht mehr sehen können. Gleichzeitig ist Hans Karl durch die Glastür rechts sichtbar geworden; er legt Hut, Stock und Mantel ab und erscheint. Helene hat Hans Karl gesehen, bevor er sie erblickt hat. Ihr Gesicht verändert sich in einem Augenblick vollständig. Sie läßt ihren Abendmantel von den Schultern fallen, und dieser bleibt hinter der Treppe liegen, dann tritt sie Hans Karl entgegen.

HANS KARL *betroffen*   Helen, Sie sind noch hier?

HELENE *hier und weiter in einer ganz festen, entschiedenen Haltung und in einem leichten, fast überlegenen Ton*   Ich bin hier zu Haus.

HANS KARL   Sie sehen anders aus als sonst. Es ist etwas geschehen!

HELENE   Ja, es ist etwas geschehen.

HANS KARL   Wann, so plötzlich?

HELENE   Vor einer Stunde, glaub' ich.

HANS KARL *unsicher*   Etwas Unangenehmes?

HELENE   Wie?

HANS KARL   Etwas Aufregendes?

HELENE   Ah ja, das schon.

HANS KARL   Etwas Irreparables?

HELENE   Das wird sich zeigen. Schauen Sie, was dort liegt.

HANS KARL   Dort? Ein Pelz. Ein Damenmantel scheint mir.

HELENE Ja, mein Mantel liegt da. Ich hab' ausgehen wollen.

HANS KARL Ausgehen?

HELENE Ja, den Grund davon werd' ich Ihnen auch dann sagen. Aber zuerst werden Sie mir sagen, warum Sie zurückgekommen sind. Das ist keine ganz gewöhnliche Manier.

HANS KARL *zögernd* Es macht mich immer ein bisserl verlegen, wenn man mich so direkt was fragt.

HELENE Ja, ich frag' Sie direkt.

HANS KARL Ich kann's gar nicht leicht explizieren.

HELENE Wir können uns setzen. *Sie setzen sich.*

HANS KARL Ich hab' früher in unserer Konversation – da oben, in dem kleinen Salon –

HELENE Ah, da oben in dem kleinen Salon.

HANS KARL *unsicher durch ihren Ton* Ja, freilich, in dem kleinen Salon. Ich hab' da einen großen Fehler gemacht, einen sehr großen.

HELENE Ah?

HANS KARL Ich hab' etwas Vergangenes zitiert.

HELENE Etwas Vergangenes?

HANS KARL Gewisse ungereimte, rein persönliche Sachen, die in mir vorgegangen sind, wie ich im Feld draußen war, und später im Spital. Rein persönliche Einbildungen, Halluzinationen, sozusagen. Lauter Dinge, die absolut nicht dazu gehört haben.

HELENE Ja, ich versteh' Sie. Und?

HANS KARL Da hab' ich Unrecht getan.

HELENE Inwiefern?

HANS KARL Man kann das Vergangene nicht herzitieren, wie die Polizei einen vor das Kommissariat zitiert. Das Vergangene ist vergangen. Niemand hat das Recht, es in eine Konversation, die sich auf die Gegenwart bezieht, einzuflechten. Ich drück' mich elend aus, aber meine Gedanken darüber sind mir ganz klar.

HELENE Das hoff' ich.

HANS KARL Es hat mich höchst unangenehm berührt in der Erinnerung, sobald ich allein mit mir selbst war, daß ich in meinem Alter mich so wenig in der Hand hab' – und ich bin wiedergekommen, um Ihnen Ihre volle Freiheit, pardon, das Wort ist mir ganz ungeschickt über die Lippen gekommen – um Ihnen Ihre volle Unbefangenheit zurückzugeben.

HELENE   Meine Unbefangenheit – mir wiedergeben?

Hans Karl unsicher, will aufstehen.

HELENE *bleibt sitzen* Also das haben Sie mir sagen wollen – über Ihr Fortgehen früher?

HANS KARL   Ja, über mein Fortgehen und natürlich auch über mein Wiederkommen. Eines motiviert ja das andere.

HELENE   Aha. Ich dank' Ihnen sehr. Und jetzt werd' ich Ihnen sagen, warum Sie wiedergekommen sind.

HANS KARL   Sie mir?

HELENE *mit einem vollen Blick auf ihn* Sie sind wiedergekommen, weil … ja! es gibt das! gelobt sei Gott im Himmel! *Sie lacht* Aber es ist vielleicht schade, daß Sie wiedergekommen sind. Denn hier ist vielleicht nicht der rechte Ort, das zu sagen, was gesagt werden muß – vielleicht hätte das – aber jetzt muß es halt hier gesagt werden.

HANS KARL   Oh mein Gott, Sie finden mich unbegreiflich. Sagen Sie es heraus!

HELENE   Ich verstehe alles sehr gut. Ich versteh', was Sie fortgetrieben hat und was Sie wieder zurückgebracht hat.

HANS KARL   Sie verstehen alles? Ich versteh' ja selbst nicht.

HELENE   Wir können noch leiser reden, wenn's Ihnen recht ist. Was Sie hier hinausgetrieben hat, das war Ihr Mißtrauen, Ihre Furcht vor Ihrem eigenen Selbst – sind Sie bös?

HANS KARL   Vor meinem Selbst?

HELENE   Vor Ihrem eigentlichen tieferen Willen. Ja, der ist unbequem, der führt einen nicht den angenehmsten Weg. Er hat Sie eben hierher zurückgeführt.

HANS KARL   Ich versteh' Sie nicht, Helen!

HELENE *ohne ihn anzusehen* Hart sind nicht solche Abschiede für Sie, aber hart ist manchmal, was dann in Ihnen vorgeht, wenn Sie mit sich allein sind.

HANS KARL   Sie wissen das alles?

HELENE   Weil ich das alles weiß, darum hätt' ich ja die Kraft gehabt und hätte für Sie das Unmögliche getan.

HANS KARL   Was hätten Sie Unmögliches für mich getan?

HELENE   Ich wär' Ihnen nachgegangen.

HANS KARL   Wie denn »nachgegangen«? Wie meinen Sie das?

HELENE   Hier bei der Tür auf die Gasse hinaus. Ich hab' Ihnen
doch meinen Mantel gezeigt, der dort hinten liegt.

HANS KARL   Sie wären mir – ? Ja, wohin?

HELENE   Ins Kasino oder anderswo – was weiß ich, bis ich Sie halt
gefunden hätte.

HANS KARL   Sie wären mir, Helen – ? Sie hätten mich gesucht?
Ohne zu denken, ob – ?

HELENE   Ja, ohne an irgend etwas sonst zu denken. Ich geh' dir
nach – Ich will, daß du mich –

HANS KARL *mit unsicherer Stimme*   Sie, du, du willst? *Für sich* Da sind
wieder diese unmöglichen Tränen! *Zu ihr* Ich hör' Sie schlecht.
Sie sprechen so leise.

HELENE   Sie hören mich ganz gut. Und da sind auch Tränen – aber
die helfen mir sogar eher, um das zu sagen –

HANS KARL   Du – Sie haben etwas gesagt?

HELENE   Dein Wille, dein Selbst; versteh' mich. Er hat dich umge-
dreht, wie du allein warst, und dich zu mir zurückgeführt. Und
jetzt –

HANS KARL   Jetzt?

HELENE   Jetzt weiß ich zwar nicht, ob du jemand wahrhaft liebhaben
kannst – aber ich bin in dich verliebt, und ich will – aber das ist
doch eine Enormität, daß Sie mich das sagen lassen!

HANS KARL *zitternd*   Sie wollen von mir –

HELENE *mit keinem festeren Ton als er*   Von deinem Leben, von deiner
Seele, von allem – meinen Teil!
Eine kleine Pause.

HANS KARL   Helen, alles, was Sie da sagen, perturbiert mich in der
maßlosesten Weise um Ihretwillen, Helen, natürlich um Ihretwillen! Sie irren sich in bezug auf mich, ich hab' einen unmöglichen Charakter.

HELENE   Sie sind, wie Sie sind, und ich will kennen, wie Sie sind.

HANS KARL   Es ist so eine namenlose Gefahr für Sie.
Helene schüttelt den Kopf.

HANS KARL Ich bin ein Mensch, der nichts als Mißverständnisse auf dem Gewissen hat.

HELENE *lachelnd* Ja, das scheint.

HANS KARL Ich hab' so vielen Frauen weh getan.

HELENE Die Liebe ist nicht süßlich.

HANS KARL Ich bin ein maßloser Egoist.

HELENE Ja? Ich glaub nicht.

HANS KARL Ich bin so unstet, nichts kann mich fesseln.

HELENE Ja, Sie können – wie sagt man das? – verführt werden und verführen. Alle haben Sie sie wahrhaft geliebt und alle wieder im Stich lassen. Die armen Frauen! Sie haben halt nicht die Kraft gehabt für euch beide.

HANS KARL Wie?

HELENE Begehren ist Ihre Natur. Aber nicht: das – oder das – sondern von einem Wesen: alles – für immer! Es hätte eine die Kraft haben müssen, Sie zu zwingen, daß Sie von ihr immer mehr und mehr begehrt hätten. Bei der wären Sie dann geblieben.

HANS KARL Wie du mich kennst!

HELENE Nach einer ganz kurzen Zeit waren sie dir alle gleichgültig, und du hast ein rasendes Mitleid gehabt, aber keine große Freundschaft, für keine: das war mein Trost.

HANS KARL Wie du alles weißt!

HELENE Nur darin hab' ich existiert. Das allein hab' ich verstanden.

HANS KARL Da muß ich mich ja vor dir schämen.

HELENE Schäm' ich mich denn vor dir? Ah nein. Die Liebe schneidet ins lebendige Fleisch.

HANS KARL Alles hast du gewußt und ertragen –

HELENE Ich hätt' nicht den kleinen Finger gerührt, um eine solche Frau von dir wegzubringen. Es wär' mir nicht dafür gestanden.

HANS KARL Was ist das für ein Zauber, der in dir ist. Gar nicht wie die andern Frauen. Du machst einen so ruhig in einem selber.

HELENE Du kannst freilich die Freundschaft nicht fassen, die ich für dich hab'. Dazu wird eine lange Zeit nötig sein – wenn du mir die geben kannst.

HANS KARL Wie du das sagst!

HELENE Jetzt geh, damit dich niemand sieht. Und komm bald wieder. Komm morgen, am frühen Nachmittag. Die Leut' geht's nichts an, aber der Papa soll's schnell wissen. – Der Papa soll's wissen – der schon! Oder nicht, wie?

HANS KARL *verlegen* Es ist das – mein guter Freund Poldo Altenwyl hat seit Tagen eine Angelegenheit, einen Wunsch – den er mir oktroyieren will: er wünscht, daß ich, sehr überflüssigerweise, im Herrenhaus das Wort ergreife –

HELENE Aha –

HANS KARL Und da geh' ich ihm seit Wochen mit der größten Vorsicht aus dem Weg – vermeide mit ihm allein zu sein – im Kasino, auf der Gasse, wo immer –

HELENE Sei ruhig – es wird nur von der Hauptsache die Rede sein – dafür garantier' ich. – Es kommt schon jemand: ich muß fort.

HANS KARL Helen!

HELENE *schon im Gehen, bleibt nochmals stehen* Du! Leb wohl! *Nimmt den Mantel auf und verschwindet durch die kleine Tür links.*

NEUNTE SZENE

CRESCENCE *oben auf der Treppe* Kari! *Kommt schnell die Stiege herunter. Hans Karl steht mit dem Rücken gegen die Stiege.*

CRESCENCE Kari! Find' ich Ihn endlich! Das ist ja eine Konfusion ohne Ende! *Sie sieht sein Gesicht* Kari! es ist was passiert! Sag mir, was?

HANS KARL Es ist mir was passiert, aber wir wollen es gar nicht zergliedern.

CRESCENCE Bitte! aber du wirst mir doch erklären –

ZEHNTE SZENE

HECHINGEN *kommt von oben, bleibt stehen, ruft Hans Karl halblaut zu* Kari, wenn ich dich auf eine Sekunde bitten dürfte!

HANS KARL Ich steh' zur Verfügung. *Zu Crescence* Entschuldig' Sie mich wirklich.

Stani kommt gleichfalls von oben.

CRESCENCE *zu Hans Karl* Aber der Bub'! Was soll ich denn dem Buben sagen? Der Bub' ist doch in einer schiefen Situation!

STANI *kommt herunter, zu Hechingen* Pardon, jetzt einen Moment muß unbedingt ich den Onkel Kari sprechen! *Grüßt Hans Karl.*

HANS KARL Verzeih' mir einen Moment, lieber Ado! *Läßt Hechingen stehen, tritt zu Crescence* Komm Sie daher, aber allein: ich will Ihr was sagen. Aber wir wollen es in keiner Weise bereden.

CRESCENCE Aber ich bin doch keine indiskrete Person!

HANS KARL Du bist eine engelsgute Frau. Also hör' zu! Die Helen hat sich verlobt.

CRESCENCE Sie hat sich verlobt mit'm Stani? Sie will ihn?

HANS KARL Wart noch! So hab' doch nicht gleich die Tränen in den Augen, du weißt ja noch nicht.

CRESCENCE Es ist Er, Kari, über den ich so gerührt bin. Der Bub' verdankt Ihm ja alles!

HANS KARL Wart' Sie, Crescence! – Nicht mit dem Stani!

CRESCENCE Nicht mit dem Stani? Ja, mit wem denn?

HANS KARL *mit großer Gêne* Gratulier' Sie mir!

CRESCENCE Dir?

HANS KARL Aber tret' Sie dann gleich weg und misch Sie's nicht in die Konversation. Sie hat sich – ich hab' mich – wir haben uns miteinander verlobt.

CRESCENCE Du hast dich! Ja, da bin ich ja selig!

HANS KARL Ich bitte Sie, jetzt vor allem zu bedenken, daß Sie mir versprochen hat, mir diese odiosen Konfusionen zu ersparen, denen sich ein Mensch aussetzt, der sich unter die Leut' mischt.

CRESCENCE Ich werd' gewiß nichts tun – *Blick nach Stani.*

HANS KARL Ich hab' Ihr gesagt, daß ich nichts erklären werd', niemandem, und daß ich bitten muß, mir die gewissen Mißverständnisse zu ersparen!

CRESCENCE Werd' Er mir nur nicht stutzig! Das Gesicht hat Er als kleiner Bub' gehabt, wenn man Ihn konterkariert hat. Das hab' ich schon damals nicht sehen können! Ich will ja alles tun, wie Er will.

HANS KARL Sie ist die beste Frau von der Welt, und jetzt entschuldig' Sie mich, der Ado hat das Bedürfnis, mit mir eine Konversation zu haben – die muß also jetzt in Gottes Namen absolviert werden. *Küßt ihr die Hand.*

CRESCENCE Ich wart' noch auf Ihn!

Crescence, mit Stani, treten zur Seite, entfernt, aber dann und wann sichtbar.

ELFTE SZENE

HECHINGEN Du siehst mich so streng an! Es ist ein Vorwurf in deinem Blick!

HANS KARL Aber gar nicht: ich bitt' um alles, wenigstens heute meine Blicke nicht auf die Goldwaage zu legen.

HECHINGEN Es ist etwas vorgefallen, was deine Meinung von mir geändert hat? oder deine Meinung von meiner Situation?

HANS KARL *in Gedanken verloren* Von deiner Situation?

HECHINGEN Von meiner Situation gegenüber Antoinette natürlich! Darf ich dich fragen, wie du über meine Frau denkst?

HANS KARL *nervös* Ich bitt' um Vergebung, aber ich möchte heute nichts über Frauen sprechen. Man kann nichts analysieren, ohne in die odiosesten Mißverständnisse zu verfallen. Also ich bitt' mir's zu erlassen!

HECHINGEN Ich verstehe. Ich begreife vollkommen. Aus allem, was du da sagst oder vielmehr in der zartesten Weise andeutest, bleibt für mich doch nur der einzige Schluß zu ziehen: daß du meine Situation für aussichtslos ansiehst.

ZWÖLFTE SZENE

Hans Karl sagt nichts, sieht verstört nach rechts.

Vinzenz ist von rechts eingetreten, im gleichen Anzug wie im ersten Akt, einen kleinen runden Hut in der Hand.

Crescence ist auf Vinzenz zugetreten.

HECHINGEN *sehr betroffen durch Hans Karls Schweigen* Das ist der kritische Moment meines Lebens, den ich habe kommen sehen. Jetzt brauche ich deinen Beistand, mein guter Kari, wenn mir nicht die ganze Welt ins Wanken kommen soll.

HANS KARL Aber mein guter Ado – *für sich, auf Vinzenz hinübersehend* Was ist denn das?

HECHINGEN Ich will, wenn du es erlaubst, die Voraussetzungen rekapitulieren, die mich haben hoffen lassen –

HANS KARL Entschuldige mich für eine Sekunde, ich sehe, da ist irgendwelche Konfusion passiert. *Er geht hinüber zu Crescence und Vinzenz.*

Hechingen bleibt allein stehen.

Stani ist seitwärts zurückgetreten, mit einigen Zeichen von Ungeduld.

CRESCENCE *zu Hans Karl* Jetzt sagt er mir: du reist ab, morgen in aller Früh – ja was bedeutet denn das?

HANS KARL Was sagt er? Ich habe nicht befohlen –

CRESCENCE Kari, mit dir kommt man nicht heraus aus dem Wiegel-Wagel. Jetzt hab' ich mich doch in diese Verlobungsstimmung hineingedacht!

HANS KARL Darf ich bitten –

CRESCENCE Mein Gott, es ist mir ja nur so herausgerutscht!

HANS KARL *zu Vinzenz* Wer hat Sie hergeschickt? Was soll es?

VINZENZ Euer Erlaucht haben doch selbst Befehl gegeben, vor einer halben Stunde im Telephon.

HANS KARL Ihnen? Ihnen hab' ich gar nichts befohlen.

VINZENZ Der Portierin haben Erlaucht befohlen, wegen Abreise morgen früh sieben Uhr aufs Jagdhaus nach Gebhardtskirchen – oder richtig gesagt, heut früh, denn jetzt haben wir viertel eins.

CRESCENCE Aber Kari, was heißt denn das alles?

HANS KARL Wenn man mir erlassen möchte, über jeden Atemzug, den ich tu, Auskunft zu geben.

VINZENZ *zu Crescence* Das ist doch sehr einfach zu verstehen. Die Portierin ist nach oben gelaufen mit der Meldung, der Lukas war im Moment nicht auffindbar, also hab' ich die Sache in die Hand genommen. Chauffeur habe ich avisiert, Koffer hab' ich vom Boden holen lassen, Sekretär Neugebauer hab' ich auf alle Fälle aufwecken lassen, falls er gebraucht wird – was braucht er zu schlafen, wenn das ganze Haus auf ist? – und jetzt bin ich hier erschienen und stelle mich zur Verfügung, weitere Befehle entgegenzunehmen.

HANS KARL Gehen Sie sofort nach Haus, bestellen Sie das Auto ab, lassen Sie die Koffer wieder auspacken, bitten Sie den Herrn Neugebauer, sich wieder schlafen zu legen und machen Sie, daß ich Ihr Gesicht nicht wieder sehe! Sie sind nicht in meinen Diensten, der Lukas ist vom übrigen unterrichtet. Treten Sie ab!

VINZENZ Das ist mir eine sehr große Überraschung. *Geht ab.*

DREIZEHNTE SZENE

CRESCENCE Aber so sag mir doch nur ein Wort! So erklär mir nur –

HANS KARL Da ist nichts zu erklären. Wie ich aus dem Kasino gegangen bin, war ich aus bestimmten Gründen vollkommen entschlossen, morgen früh abzureisen. Das war an der Ecke von der Freyung und der Herrengasse. Dort ist ein Café, in das bin ich hineingegangen und hab' von dort aus nach Haus telephoniert; dann, wie ich aus dem Kaffeehaus herausgetreten bin, da bin ich, anstatt wie meine Absicht war, über die Freyung abzubiegen – bin ich die Herrengasse heruntergegangen und wieder hier hereingetreten – und da hat sich die Helen – *er streicht sich über die Stirn.*

CRESCENCE Aber ich lass' Ihn ja schon. *Sie geht zu Stani hinüber, der sich etwas im Hintergrund gesetzt hat.*

HANS KARL *gibt sich einen Ruck und geht auf Hechingen zu, sehr herzlich* Ich bitt' mir alles Vergangene zu verzeihen, ich hab' in allem und jedem unrecht und irrig gehandelt und bitt', mir meine Irrtümer alle zu verzeihen. Über den heutigen Abend kann ich im Detail keine Auskunft geben. Ich bitt', mir trotzdem ein gutes Andenken zu bewahren. *Reicht ihm die Hand.*

HECHINGEN *bestürzt* Du sagst mir ja adieu, mein Guter! Du hast Tränen in den Augen. Aber ich versteh' dich ja, Kari. Du bist der wahre, gute Freund, unsereins ist halt nicht imstand', sich herauszuwursteln aus dem Schicksal, das die Gunst oder Nichtgunst der Frauen uns bereitet, du aber hast dich über diese ganze Atmosphäre ein für allemal hinausgehoben –

Hans Karl winkt ihn ab.

HECHINGEN Das kannst du nicht negieren, das ist dieses gewisse

Etwas von Superiorität, das dich umgibt, und wie im Leben schließlich alles nur Vor- oder Rückschritte macht, nichts stehen bleibt, so ist halt um dich von Tag zu Tag immer mehr die Einsamkeit des superioren Menschen.

HANS KARL   Das ist ja schon wieder ein kolossales Mißverständnis! *Er sieht ängstlich nach rechts, wo in der Tür zum Wintergarten Altenwyl mit einem seiner Gäste sichtbar geworden ist.*

HECHINGEN   Wie denn? Wie soll ich mir diese Worte erklären?

HANS KARL   Mein guter Ado, bitt' mir im Moment diese Erklärung und jede Erklärung zu erlassen. Ich bitt' dich, gehen wir da hinüber, es kommt da etwas auf mich zu, dem ich mich heute nicht mehr gewachsen fühle.

HECHINGEN   Was denn, was denn?

HANS KARL   Dort in der Tür, dort hinter mir!

HECHINGEN *sieht hin*   Es ist doch nur unser Hausherr, der Poldo Altenwyl –

HANS KARL   – der diesen letzten Moment seiner Soiree für den gegebenen Augenblick hält, um sich an mich in einer gräßlichen Absicht heranzupirschen; denn für was geht man denn auf eine Soiree, als daß einen jeder Mensch mit dem, was ihm gerade wichtig erscheint, in der erbarmungslosesten Weise über den Hals kommt!

HECHINGEN   Ich begreif' nicht –

HANS KARL   Daß ich in der übermorgigen Herrenhaussitzung mein Debüt als Redner feiern soll. Diese scharmante Mission hat er von unserm Klub übernommen, und weil ich ihnen im Kasino und überall aus dem Weg geh', so lauert er hier in seinem Haus auf die Sekunde, wo ich unbeschützt dasteh'! Ich bitt' dich, sprich recht lebhaft mit mir, so ein bissel agitiert, wie wenn wir etwas Wichtiges zu erledigen hätten.

HECHINGEN   Und du willst wieder refüsieren?

HANS KARL   Ich soll aufstehen und eine Rede halten, über Völkerversöhnung und über das Zusammenleben der Nationen – ich, ein Mensch, der durchdrungen ist von einer Sache auf der Welt: daß es unmöglich ist, den Mund aufzumachen, ohne die heillosesten Konfusionen anzurichten! Aber lieber leg' ich doch die erbliche Mitgliedschaft nieder und verkriech' mich zeitlebens in eine Uhuhütten. Ich sollte einen Schwall von Worten in den Mund nehmen, von denen mir jedes einzelne geradezu indezent erscheint!

HECHINGEN   Das ist ein bisserl ein starker Ausdruck.

HANS KARL *sehr heftig, ohne sehr laut zu sein* Aber alles, was man ausspricht, ist indezent. Das simple Faktum, daß man etwas ausspricht, ist indezent. Und wenn man es genau nimmt, mein guter Ado, aber die Menschen nehmen eben nichts auf der Welt genau, liegt doch geradezu etwas Unverschämtes darin, daß man sich heranwagt, gewisse Dinge überhaupt zu erleben! Um gewisse Dinge zu erleben und sich dabei nicht indezent zu finden, dazu gehört ja eine so rasende Verliebtheit in sich selbst und ein Grad von Verblendung, den man vielleicht als erwachsener Mensch im innersten Winkel in sich tragen, aber niemals sich eingestehen kann! *Sieht nach rechts* Er ist weg. *Will fort.*
Altenwyl ist nicht mehr sichtbar.

CRESCENCE *tritt auf Kari zu* So echappier Er doch nicht! Jetzt muß Er sich doch mit dem Stani über das Ganze aussprechen.
Hans Karl sieht sie an.

CRESCENCE   Aber Er wird doch den Buben nicht so stehen lassen! Der Bub' beweist ja in der ganzen Sache eine Abnegation, eine Selbstüberwindung, über die ich geradezu starr bin. Er wird ihm doch ein Wort sagen. *Sie winkt Stani, näherzutreten.*
Stani tritt einen Schritt näher.

HANS KARL   Gut, auch das noch. Aber es ist die letzte Soiree, auf der Sie mich erscheinen sieht. *Zu Stani, indem er auf ihn zutritt* Es war verfehlt, mein lieber Stani, meiner Suada etwas anzuvertrauen. *Reicht ihm die Hand.*

CRESCENCE   So umarm' Er doch den Buben! Der Bub' hat ja doch in dieser Geschichte eine Tenue bewiesen, die ohnegleichen ist.
Hans Karl sieht vor sich hin, etwas abwesend.

CRESCENCE   Ja, wenn Er ihn nicht umarmt, so muß doch ich den Buben umarmen für seine Tenue.

HANS KARL   Bitte das vielleicht zu tun, wenn ich fort bin. *Gewinnt schnell die Ausgangstür und ist verschwunden.*

VIERZEHNTE SZENE

CRESCENCE   Also, das ist mir ganz egal, ich muß jemanden umarmen! Es ist doch heute zuviel vorgegangen, als daß eine Person mit Herz wie ich so mir nix dir nix nach Haus fahren und ins Bett gehen könnt'!

STANI *tritt einen Schritt zurück*   Bitte, Mamu! nach meiner Idee gibt es zwei Kategorien von Demonstrationen. Die eine gehört ins strikteste Privatleben: dazu rechne ich alle Akte von Zärtlichkeit zwischen Blutsverwandten. Die andere hat sozusagen eine praktische und soziale Bedeutung: sie ist der pantomimische Ausdruck für eine außergewöhnliche, gewissermaßen familiengeschichtliche Situation.

CRESCENCE   Ja, in der sind wir doch!

Altenwyl mit einigen Gästen ist oben herausgetreten und ist im Begriffe, die Stiege herunterzukommen.

STANI   Und für diese gibt es seit tausend Jahren gewisse richtige und akzeptierte Formen. Was wir heute hier erlebt haben, war tant bien que mal, wenn man's Kind beim Namen nennt, eine Verlobung. Eine Verlobung kulminiert in der Umarmung des verlobten Paares. – In unserm Fall ist das verlobte Paar zu bizarr, um sich an diese Formen zu halten. Mamu, Sie ist die nächste Verwandte vom Onkel Kari, dort steht der Poldo Altenwyl, der Vater der Braut. Geh Sie sans mot dire auf ihn zu und umarm' Sie ihn, und das Ganze wird sein richtiges, offizielles Gesicht bekommen.

Altenwyl ist mit einigen Gästen die Stiege heruntergekommen.

Crescence eilt auf Altenwyl zu und umarmt ihn. Die Gäste stehen überrascht.

Vorhang.

Nachbemerkung

Die vorliegende revidierte Textfassung basiert auf der kritischen
Neuedition der 1.–2. Auflage des ›Schwierigen‹ aus dem Jahr 1921,
wie sie in Band XII, Dramen 10, der ›Sämtlichen Werke‹ von mir
und meinen Mitarbeitern Ingeborg Haase und Roland Haltmeier
dargeboten wurde. Mit jenem Druck von 1921 kam die Textentwicklung zum Abschluß. Die 3.–5. Auflage aus dem Jahr 1922 und der
Abdruck des Lustspiels im vierten Band der ›Gesammelten Werke‹
von 1924 enthielten keine Eingriffe des Dichters mehr. Wie aber der
genaue Vergleich mit den Niederschriften und Typoskripten zeigte,
hatten sich in den Druck von 1921 zahlreiche kleinere und größere
Fehler eingeschlichen. Und weil Hofmannsthal sich um die Drucke
von 1922 und 1924 nicht mehr kümmerte, wurde in der Folge eine
beträchtliche Anzahl dieser Fehler von Ausgabe zu Ausgabe weiter-
gegeben. Das gilt auch noch für den Band Dramen IV der ›Gesammelten Werke in zehn Einzelbänden‹, hrsg. von Bernd Schoeller, in
Beratung mit Rudolf Hirsch, Fischer Taschenbuch Verlag (Band-
Nr. 2162, September 1979, S. 331–439).

In der Folge geben wir hier einige Textverbesserungen bekannt,
die für Benutzer der genannten ›Gesammelten Werke‹ und der früheren, von Herbert Steiner besorgten fünfzehnbändigen ›Gesammelten Werke in Einzelausgaben‹ von Belang sein könnten. Auch
in der Kritischen Ausgabe nicht vermerkt, sondern stillschweigend
geändert wurden etwas mehr als hundert Stellen, wo eindeutig als
Anrede verwendete Personalpronomina in der Textgrundlage von
1921 noch mit Minuskel statt mit Majuskel gedruckt wurden; über-
gangen werden hier auch die etwas über fünfzig Fälle, bei denen es
sich im Druck von 1921 um nicht sinnstörende orthographische,
Interpunktions- oder Worttrennungsfehler handelte. In jedem einzelnen Fall jedoch – das sei auch hier nochmals betont – nahm die
Kritische Ausgabe, wie auch unsere auf ihr basierende Leseausgabe,
ausschließlich dann textliche Eingriffe (Emendationen) vor, wenn

die Herausgeber sich dazu durch eine vom Dichter selbst stammende, eigenhändige Formulierung veranlaßt sahen. Eingriffe anderer Art (Konjekturen) unterblieben, auch wenn der Textverlauf dazu Anlaß geboten hätte (etwa im Fall der von Hofmannsthal inkonsequent gehandhabten Szenengliederung). Für alle Details sei auf die entsprechenden Seiten 217 f. von Band XII der ›Sämtlichen Werke‹ sowie auf die Editionsprinzipien S. 587–595 im selben Band verwiesen. Dies gilt ebenso für die in die Taschenbuch-Ausgabe (Band-Nr. 2162) von 1979 aufgenommenen »Notizen« zu diesem Lustspiel (dort S. 447–450). Da ihre Transkription wissenschaftlichen Ansprüchen zum Teil nicht genügte, sei für den gültigen Wortlaut dieser hinsichtlich der Genese des ›Schwierigen‹ wichtigen Texte nachdrücklich auf die Seiten 221 ff. von Band XII der ›Sämtlichen Werke‹ von 1993 hingewiesen.

Martin Stern

HUGO VON HOFMANNSTHAL

GESAMMELTE WERKE

IN ZEHN EINZELBÄNDEN

Herausgegeben von Bernd Schoeller
in Beratung mit Rudolf Hirsch

FISCHER TASCHENBUCH VERLAG

HUGO VON HOFMANNSTHAL

SÄMTLICHE WERKE

KRITISCHE AUSGABE IN 38 BÄNDEN

Veranstaltet vom Freien Deutschen Hochstift

Herausgegeben von
Rudolf Hirsch †, Mathias Mayer,
Christoph Perels, Edward Reichel und Heinz Rölleke

Bereits erschienen:

Band I: *Gedichte 1*
Herausgegeben von Eugene Weber. 1984. 468 Seiten. Leinen

Band II: *Gedichte 2*
Herausgegeben von Andreas Thomasberger und Eugene Weber †
Aus dem Nachlaß. 1989. 532 Seiten. Leinen

Band III: *Dramen 1*
Herausgegeben von Götz Eberhard Hübner, Klaus-Gerhard Pott
und Christoph Michel. 1982. 854 Seiten. Leinen

Band IV: *Dramen 2*
Herausgegeben von Michael Müller. 1984. 309 Seiten. Leinen

Band V: *Dramen 3*
Herausgegeben von Manfred Hoppe. 1992. 568 Seiten. Leinen

Band VI: *Dramen 4*
Herausgegeben von Hans-Georg Dewitz. 1995. 416 Seiten. Leinen

Band VII: *Dramen 5*
Herausgegeben von Klaus E. Bohnenkamp und Mathias Mayer
1996. 384 Seiten. Leinen

Band VIII: *Dramen 6*
Herausgegeben von Wolfgang Nehring und Klaus E. Bohnenkamp
1983. 748 Seiten. Leinen

S. FISCHER

Band IX: *Dramen 7*
Herausgegeben von Heinz Rölleke. 1990. 348 Seiten. Leinen

Band X: *Dramen 8*
Herausgegeben von Hans-H. Lendner und Hans-G. Dewitz
1977. 336 Seiten. Leinen

Band XI: *Dramen 9*
Herausgegeben von Mathias Mayer. 1992. 680 Seiten. Leinen

Band XII: *Dramen 10*
Herausgegeben von Martin Stern in
Zusammenarbeit mit Ingeborg Haase und Roland Haltmeier
1993. 500 Seiten. Leinen

Band XIII: *Dramen 11*
Herausgegeben von Roland Haltmeier. 1986. 265 Seiten. Leinen

Band XIV: *Dramen 12*
Herausgegeben von Jürgen Fackert. 1976. 664 Seiten. Leinen

Band XV: *Dramen 13*
Herausgegeben von Christoph Michel und Michael Müller
1990. 350 Seiten. Leinen

Band XVI.1: *Dramen 14.1*
Herausgegeben von Werner Bellmann. 1991. 636 Seiten. Leinen

Band XVI.2: *Dramen 14.2*
Herausgegeben von Werner Bellmann und Ingeborg Beyer-Ahlert
2000. 576 Seiten. Leinen

Band XVII: *Dramen 15*
Herausgegeben von Gudrun Kotheimer. 1996. 550 Seiten. Leinen

Band XVIII: *Dramen 16*
Herausgegeben von Ellen Ritter. 1987. 572 Seiten. Leinen

S. FISCHER

fi 3000 / 6 b

S. FISCHER

Theater

Fischer Taschenbuch Verlag

fi 666 003 / 5 / a

Theater

Fischer Taschenbuch Verlag

fi 666 003 / 6 / b

Theater

Komödien II
California Suite,
Sonny Boys,
Gerüchte... Gerüchte...
Band 12456
Komödien III
Ein ungleiches Paar, Jakes
Frauen, Ein Gag für Max
Band 12924

Marlene Streeruwitz
Waikiki-Beach.
Und andere Orte.
Die Theaterstücke
Band 14693

Theater Theater
Herausgegeben von
Uwe B. Carstensen/
Stefanie von Lieven
Aktuelle Stücke 1
Band 10717
Aktuelle Stücke 3
Band 11741
Aktuelle Stücke 11
Band 15252
Aktuelle Stücke 12
Band 15664
Aktuelle Stücke 13
Band 16027
Aktuelle Stücke 14
Band 16456
Aktuelle Stücke 15
Band 16869

Anton Tschechow
Drei Schwestern und
andere Dramen
Band 12925

Franz Werfel
Jacobowsky und der Oberst
Komödie einer Tragödie
Band 7025

Thornton Wilder
Unsere kleine Stadt
Band 7022
Wir sind noch einmal
davongekommen
Band 7029

Carl Zuckmayer
Der fröhliche Weinberg/
Schinderhannes
Zwei Stücke
Band 7007
Der Hauptmann
von Köpenick
Ein deutsches Märchen
Band 7002
Der Rattenfänger
Band 7114
Des Teufels General
Drama in drei Akten
Band 7019

Fischer Taschenbuch Verlag

fi 666 003 / 6 / c